산
유
화

박월복 시집

산
유
화

좋은땅

목차

1부

산유화

산유화

저 너른 들의 농부
밭 갈고 씨를 뿌리네

모내기는 시작도 안 했는데
논의 풀은 어느새 자라고 밭의 풀 무성하다

저 너른 들 갈다 지쳐 드러누운 소여
우린 언제 쉴거나

산유화 산유화여

논밭 일에 일손도 부족한데
우리네 삶은 근심도 많고
우리네 인생은 할 일도 많네

저 너른 들의 농부여

꽃피는 봄에도

우리는 맘 편히 쉴 날이 없네

저 너른 들 갈다 지쳐 드러누운 소여
일어나 밭 갈러 가자
산유화 산유화여

산에는 꽃피고 꽃이 피네
산에서 피는 꽃은 산이 좋아 피어나고
산에서 사는 새는 산이 좋아 지저귀네

산이 좋아 산에서 사는 새여
떠난 임은 소식도 없고 논밭 풀 무성하니

울어라 새여
산에서 우는 새는 산이 좋아서 울고
나는 임 그리워 우네

산유화 산유화여

물에는 꽃피고 꽃이 피네
물이 좋아 물에서 사는 새여

떠난 임은 소식도 없고 논밭 풀 무성하니

울어라 물새여
물에서 우는 새는 물이 좋아서 울고
나는 임 그리워 우네

산유화 산유화여
산천에 꽃피고 꽃이 피네
우리네 인생은 사연도 많고

떠난 임은 소식도 없고
나는 임 그리워 눈물짓네

봄가을에 산새
여름 겨우내 물새

산이 좋아 산에서 살고
물이 좋아 물에서 살고
내 사랑은 정 그리워 우네

산유화 산유화여

산에도 들에도
강에도 바다에도
우리네 인생은 할 일도 많네

논에도 밭에도
산에도 들에도
우리네 인생은 쉴 날이 없고
떠난 임은 소식도 없네

산유화 산유화여

그리움의 산유화
사랑의 산유화여

김매러 가세
김매러 가세
저 너른 들의 김 언제 다 맬꼬

논갈이에 지친 소여 누워서 푹 쉬어라
오늘은 김매기에 바쁘니
너는 할 일이 없구나

김을 매세

김을 매세

부지런히 김을 매세

봄부터 논밭 일에 고단한 소여

누워 푹 쉬어라

오늘은 추수하니 너는 할 일이 없구나

추수하세

추수하세

풍년 농사 좋을시고

올해도 대풍이니 어깨춤이 절로 나네

산유화 산유화여

해당화 피고 지고 또 피어나네

저 너를 바다 할 일도 많고

우리네 인생은 쉴 틈이 없네

고기잡이 가세

고기잡이 가세

부지런히 잡아 풍어가를 부르세

산유화 산유화여

산에는 꽃피고 꽃이 피네
저 너른 산 할 일도 많고
우리네 인생은 쉴 틈이 없네

산나물 캐세
산열매 따세
부지런히 따서 어머님께 갖다 드리세

산유화 산유화여

산에는 꽃피고 꽃이 피네
저 꽃은 홀로 피어도 저리 예쁘고
열매 가꾸지 않아도 튼실하니
바구니 가득 담아 집으로 가세

봄꽃 붉고
여름 열매 푸르니

가을 열매 빨갛게 익어 가네

산자락 붉은 열매
이 산 저 산에도 붉은 열매
추수할 일만 남았네

산기슭 열매 까치가 먹고
산자락 열매 참새가 먹고
산사의 열매 산새가 먹네

머루 따고
다래 따서
향기 맑게 담아 보세

아침에 산까치 점심에 산새 우니
오늘 저녁에 임 오시려나 기다려지네

산유화 산유화여

강에는 꽃피고 꽃이 피네
버들강아지 한들한들

바람은 살랑살랑 이내 맘은 싱숭생숭

강가의 잠자리 앉고 강물에 고기 뛰노니
솔개도 높이 나네

강에서 고기 잡는 아이
강물에 그물 던지는 어부
물 반 고기 반 풍어로 넘쳐나네

이 강에는 참붕어
저 강에는 메기 떼
그물 올릴 일만 남았네

참붕어 고아 어머님께 드리고
메기 삶아 아버님께 드리니
온 가족 오랜만에 웃음꽃 피어나네

이 강에도
저 강에도 물고기 넘쳐 나고
고향의 강에 들풀 향기 가득하니
달 밝은 밤에 임 오시나 기다려지네

산유화 산유화여

저기 사랑하는 임 달빛 타고 돌아오시니
우리네 인생은 참 복도 많네

오늘은 할 일 다 내려놓고
사랑하는 임 품에 안겨 밤새도록 사랑을 나누네

갈봄 그리움
여름 겨우내 서러움 모두 털어버리고
온 가족이 다 함께 저녁을 풍성히 먹어 보네

산유화 산유화여

강가의 버들은 푸르고
강물을 나는 새는 물이 좋아서 사노라네

물에서 지저귀는 새여
물 흐르니 고기 뛰놀고
배부르니 태평가가 절로 나네

산에는 꽃피고
들에는 새 지저귀고
물에는 물고기 뛰노네

산유화 산유화여

바닷가에 피어난 꽃은
바다가 좋아서 피어나고

바닷가 해당화는 홀로 피어 붉어지고
갈매기 소리에 고깃배 들어오네

산유화 산유화여

바다가 좋아서 사는 새여
우리네 산천은 좋을시고 금수강산 봄이로다

꽃피고 새우니 인심 좋고 정다워라
열매 맺고 곡식 여무니
풍년가에 태평성대를 노래하네

천 길 석벽 위 산유화 피었네

산유화 산유화여

이슬에 젖고 달빛에 울어도
산새는 산이 좋아 산에서 사네

구름 앉은 석벽 위 죽은 이의 무덤에도
이름 없이 살다 간 산유화여

삼백예순날 피고 지고
산새를 그리워하다 산화되었네

이름 모를 새 한 마리
산유화 죽음을 지키고

이름 모를 새의 무덤에
산유화 꽃이 피었네

산유화 산유화여

산새가 그리워 산에서 살고
산유화가 좋아서 산에서 우네

삼백예순날 붉게 물들이고
산새의 울음은 온산에 메아리치네

산유화 산유화여
산에는 꽃피고 꽃이 피네
산새는 산이 좋아 산에서 살고
물새는 물이 좋아 물에서 사네

산에는 진달래
물에는 해당화
산새는 진달래 먹고 물새는 해당화 먹네

진달래꽃은
떠난 임 그리워 울며 먹던 꽃
해당화는 임 떠나보내며 울며 먹던 꽃

산새의 붉은 눈시울
물새의 하얀 눈망울

산이 좋아 산에서 피고
물이 좋아 물에서 피네

산유화 산유화여

산세가 사랑한 산유화여
물새가 반해버린 산유화여

물에는 꽃피고 꽃이 피네
물이 좋아 물에서 피는 산유화여
산에 좋아 산에서 피는 산유화여

산유화 지던 날
하늘은 먹구름으로 뒤덮였다네

산새 울음은 온 산에 메아리치고
빗줄기 되어 강으로 흘렀네

그날 이후 산새는 울지 않았고
산유화도 더 이상 피어나지 않았다네

먼 전설이 되어버린 산유화
봄바람 불던 어느 날

산새는 다시 울기 시작했고
산유화도 다시 피어났네

산새는 산유화 꽃에 안겨 울고
산유화는 산새를 고이 품었다네

산유화 산유화여

산에서 피고 지고
산새를 사랑한 산유화여

울어라 새여
산유화 피어 있을 때 마음껏 울고 또 울어 다오

산유화 지고 나면 그 울음소리 더욱 처량하니
산유화 폈을 때 맘껏 울어 다오 산새여

산유화 산유화여

산이 좋아 산에서 살고
산유화가 좋아서 산에서 우네

어느 여인은 의지할 곳 없어
신세타령하다 꽃처럼 졌느니
조선 여인 향랑이 노래하네

하늘은 어이하여 높고도 멀며
땅은 어이하여 넓고도 아득한고

하늘과 땅이 비록 크다고 하나
이 한 몸 의탁할 곳 없다네

차라리 강물에 몸을 던져서
물고기 배 속에 장사 지내리라

구경 가세 구경 가세 만경창파 구경 가세
세상천지 넓다 해도 이 몸 하나 둘 데 없네
차라리 물에 빠져 물고기 배에 장사하세

산에 꽃이 피었으나 나는 홀로 집이 없다네

그래 집 없는 이 몸이란 꽃보다도 못하다오

산에 꽃이 피었네
그 꽃은 복사와 오얏이라네

복사와 오얏은 섞여 피었다지만
복사나무엔 결코 오얏이 피지 않으리라

산유화 산유화여

산에는 꽃피고 꽃이 피네
산새는 산에서 살고 물새는 물에서 사네

저 너른 밭에 농부여
저 너른 논에 농부여

우리네 인생은 할 일도 많고
고단한 삶은 쉴 날이 없네

산유화 산유화여

산새는 산이 좋아 산에서 살고
물새는 물이 좋아 물에서 사네

우리네 인생은 할 일도 많고
고단한 삶은 쉴 날이 없지만

사랑하는 임과 함께 있으니
우리네 인생은 참 복도 많네

산유화 산유화여

산이 좋아 산에서 살고
물이 좋아 물에서 사네

신단수

천왕봉 정상에
신단수 한 그루 서 있나니

그 나무는
황금의 시대를 대표하는 나무로
황금 동산에서 신과 함께 살았다

그 열매를 먹는 자는 늙지 않고
영원히 죽지 않는 불로불사의 열매였다

오직 신들만이 먹을 수 있었고
영생을 누리는 신들의 전유물이었다

신들은 그 나무를
눈이 일만 개 달린 하늘의 문지기
만목에게 지키게 하였다

시냇가에 심은 나무가 제철을 따라 열매를 맺듯

신단수는 사시사철 열매를 맺으며
그 열매는 마르는 법이 없었다

신단수는 황금색으로 반짝이며
탐스럽고 먹음직스러운 모양으로
그 열매를 보는 순간 따고 싶은 충동과
먹고 싶다는 욕망이 솟아오르는 마법의 열매였다

그 열매는 눈부시게 빛났으나 뜨겁지 않고
열매의 색깔은 황금빛으로 탐스러웠다

만지는 순간 기분이 좋아지며
먹고 싶은 욕망에 불타올랐으며
오직 신들만이 따서 먹을 수 있었다

그 열매는 따 먹고 계속해서 따 먹어도
열매의 숫자는 항상 똑같았으며
열매는 일만 개로 변함이 없었다

그 과일을 먹으면 늙지도 않고
항상 젊음을 유지하며

기쁘고 즐거운 상태로 행복을 누렸다

어느 날 신단수를 지나가던 부처께서
그 열매를 따서 먹어 보았다

그 열매의 맛을 보는 순간
신들만 먹기에는 너무 과한 것 같아
부처께서 고민에 빠졌다

좋은 것은 인간들과 나눠 먹고
인간을 위해 선물하는 것이 순리이거늘
어찌 신만이 그 열매를 먹는단 말인가

봄볕이 따사로운 어느 날
부처는 온 천하에 공표하며 말씀하셨다

신단수는 하늘이 준 선물이다

이 과일을 먹으면 늙지 않고
영원히 죽지 않고 항상 젊은 모습으로 살아가니
이는 윤회의 법도와 맞지 않는다

지금까지는 신들만이 그 과일을 먹고 영생을 누렸으나
오늘부터 이 열매를 인간에게 주리라

모든 만물은 순환하며 돌고 도는 법
인간도 해탈하면 부처가 될 수 있고
부처가 되어 열반에 들 수 있나니
이는 세상의 이치이며 순리다

부처의 말씀을 들은 인간들은
천왕봉으로 몰려가 신단수 열매를 따 먹으려고
서로 밀치고 소리 지르며
자기가 먼저 먹겠다며 난폭하게 행동했다

며칠이 지나도
그 혼란은 수습되지 않았으며
신단수 과일을 먹은 인간은 단 한 명도 없었다

그 모습을 지켜보고 계시던
부처께서 다시 말씀하셨다

중생이여

어찌 이리 무질서하고
서로 존중할 줄을 모르는가
개탄하시며 연꽃에게 물었다

연꽃이 대답하기를
부처님이시여

인간의 탐욕과 욕심은
죽어서도 고쳐지지 않는 윤회 최대의 걸림돌이며
더 좋은 세상으로 가는 중대한 장애물입니다

그런 연유로 선대의 신께서도
인간에게는 신단수 열매를 따 먹지 못하게
일만 개의 눈이 달린 만목에게 지키게 하고
접근을 막았던 것입니다

부디 그 깊은 뜻을 헤아려
인간에게 주려던 신단수를 거두어 주소서

연꽃의 말을 들으니
일리가 있고 옳은 생각이라 말씀하시고

다시 신단수를 인간에게서 거두어
신들에게 되돌려주었다

그 말씀에 인간들이 모여 집회를 열었다

어찌하여 부처께서
하신 말씀을 거두어들인단 말이오

난 신단수를 팔아서
부자가 되려고 했는데
난 신단수의 마법으로
세상을 정복하고 황제가 되려고 했는데

난 신단수를 먹고 영원히 죽지 않고
날마다 마시고 탕진하고 인생을 즐기려 했는데

인간들의 말은 끝이 없었으며
그 말들은 한결같이
욕심과 욕망과 사치를 채우는 말들뿐이었다

그 과정을 모두 지켜보던 신단수가 한마디 했다

인간아
인간아
제발 인간이 되거라

웅녀봉

백두의 화산이 불을 뿜고
천지의 물이 흘러내리던 어느 날

환인께서 박달나무 그늘에서 쉬고 계셨다

그때 멀리에서
환인을 만나 뵙기를 고대하던
곰과 호랑이가 찾아왔다

아홉 걸음 뒤에서부터 큰절하며 아뢰기를
저희는 백두산에서 사는 곰과 호랑이옵니다

저희의 소원은 오직 하나
인간이 되는 것이온데

그 방법을 몰라 환인을 찾아뵈었사오니
부디 그 방법을 알려 주시기를 청하나이다

그 말을 듣고 환인께서 말씀하셨다

곰아
호랑아
내 말을 잘 들거라

여기 마늘과 쑥 열흘 치가 있다
이것을 가지고 박달나무 아래 동굴로 들어가
백 일 동안 인간이 되기를 기도해라

먹을 것은 딱 열흘 치다
그 다음은 배고픔을 견디고
고통을 이겨내야 하느니라

그 말씀을 듣고
곰과 호랑이는 동굴로 들어가
인간 환생 기도를 시작했다

하루 이틀이 지나고 열흘이 지나자
먹을 것이 다 떨어지고
배고픔과 고통이 몰려왔다

보름째 되던 날 호랑이가 말했다
곰아 우리 인간이고 뭐고 그냥 산으로 돌아가자

그 말에 곰이 말하기를
안 돼

그 다음 날에도 똑같은 일이 반복되었다
그 다음 날에도

보름하고도 삼 일이 지나자
호랑이는 더 이상 견디지 못하고
동굴 밖으로 뛰쳐나갔다

시간이 흘러 백 일이 되던 날
곰은 의식을 잃고 쓰러져 꿈을 꾸었다

꿈속에서 곰은
아리따운 여인으로 탈바꿈한 자신의 모습을
황홀하게 바라보고 있었다

그때 환인께서 곰을 흔들어 깨웠다

곰이 꿈에서 깨어나 자신의 모습을 보니
곰은 온데간데없이 사라지고
그 자리에 아름다운 여인이 누워 있었다

곰은 감사의 예의로 108번 절을 올린 후
동굴 밖으로 나왔다

아 신선한 바람
향긋한 나뭇잎

상큼한 풀뿌리
달콤한 열매의 향기

곰은 너무 좋아 영원히 행복할 것만 같았다
해가 뜨고 달이 뜨고 108일째 되던 날
여인으로 변한 곰이 다시 환인을 찾아갔다

환인이시여
제 소원이 하나 더 있사오니 들어주소서

환인의 은혜로 제가 인간으로 다시 태어났으나

이 깊은 산중에
인간은 저 혼자인지라 외롭고 무서우니
저의 배필을 정해 주옵소서

그 말에 환인께서 고개를 끄덕이시고
막대기로 흙을 헤집더니
흙으로 인간의 형상을 만들고
후하고 영혼을 불어 넣었다

그러자 잘생긴 청년이 웃으며 나타났다

환인께서 말씀하시기를
이제부터 두 사람은 부부의 인연을 맺고
이 땅의 모든 것을 다스려라

그 말씀을 남기신 후
구름을 타고 하늘로 올라가셨다

그 이후
그 땅에서는 천신의 후예들이
황제의 지위를 이어받아 천하를 다스렸고

호랑이는 짐승들의 왕으로 군림하며 살았으나
동물의 세계에서 벗어나지 못했고
자자손손 짐승으로 살아가야만 했다

오직 천신의 후예만이 왕족의 신분으로
부귀영화를 누리며 세상을 다스렸다

천신의 후예들은
나는 짐승과 기는 짐승
땅에서 걸어 다니는 짐승과
물속에서 헤엄치며 살아가는 짐승을 다스리며
주재하였다

그 후예들은
매년 시월상달에 제천 의식을 거행하며
추수감사제를 지냈다

그 이후 단군왕검의 나라라 칭하고
백의민족으로 고조선이라 했다
대한이라는 나라로 발전하였다

백두산

어느 날 환인께서 땅을 내려다보니
인간이 살기에 좋은 땅이 보였다

그곳을 터 잡아
인간을 이롭게 하는 나라를 만들어 주리라 하시곤

천신의 아들에게
땅으로 내려가 그곳에서 살게 하시니

환인이 보시기에 좋았더라

그 땅은 사계절이 뚜렷하고 물이 풍부해
초목이 우거지고 온갖 동물들이 뛰놀며
살기 좋은 땅이었다

그 아름다운 땅을 지배할 사람이 없어
근심하던 환인께서

어느 봄날
아들 환웅을 불러 이르시기를

웅아
신단수 아래 길지로 내려가
그 땅을 지배하며 부귀영화를 누리거라
말씀하시며

오곡과 비바람 구름을 주시니
환인의 아들이 신단수 아래로 내려와 살았다

어느 가을 상달에
신력을 이어받은 아기가 태어났으니
그의 이름을 단군왕검이라 하였다

나라를 세우고
이름을 고요한 아침의 나라 고조선이라 했다

그 이전 그 땅은 무지의 불모지였으나
환인이 신시를 베푼 이후
인간이 살기에 적합한 땅이 되었고

나라다운 나라가 만들어졌다

백두산은
불보살의 진신이 항상 머무르는 땅으로

그 형세는 물이 뿌리가 되고
나무가 줄기가 되는 땅으로
흙을 부모로 섬기고 청을 몸으로 삼았다

만약 풍속이 땅을 따른다면 창성할 것이나
땅을 거스른다면 재앙이 내릴 것이라 했다

정상에는 천지라는 연못이 있는데
달 밝은 밤에 선녀가 내려와 목욕하며
달빛을 즐기며 놀던 곳이다

남으로 흘러 압록이라 했고
북으로 흘러 두만이라 했다

천지의 못에 선녀가 내려앉나니
달빛에 목욕하고 별빛에 노래하네

어느 날 나무꾼이
달빛 아래 목욕하는 선녀를 보았네

나무꾼은 숲에 숨어
선녀가 목욕하는 것을 지켜보다
선녀의 옷을 감추었네

선녀가 목욕을 끝내고
옷을 찾으니 보이지 않자
근심하며 울고 있을 때
나무꾼이 나타나 말하기를

난 그대에게 첫눈에 반해 옷을 감추었소
저 아랫동네 산골 마을에서 사는 나무꾼인데
우리 집에 가서 같이 삽시다

그 말에 선녀는
옷을 찾을 마음으로 나무꾼의 집으로 갔다

나무꾼은 차일피일 미루며
옷은 주지 않았고 선녀에게 사랑 고백을 하며

선녀의 마음을 회유하였다

그러던 중 남녀의 정은 애틋한지라
아이가 태어나고 하나 둘 셋

어느 봄날 꽃향기에 이끌려
선녀와 나무꾼이
천지로 봄나들이 나갔다

선녀가 옛날을 생각하며
목욕을 하였는데

나무꾼은 이제는 하늘나라로 되돌아가지 않겠지
라고 생각하고 선녀에게 날개옷을 주었다

선녀는 한번 입어 보고 싶다고 말하곤
날개옷을 입은 후 날개를 펄럭이더니

한 아이는 등에 업고 한 아이는 왼손에
나머지 아이는 오른손으로 안고
훨훨 날아 하늘나라로 되돌아갔다

상심한 나무꾼은 천지에 빠져 죽었고
그곳에서 봄이면 봄꽃이 피어났는데
그 꽃은 모두 천지를 바라보며 피어났다

그 꽃은 봄바람에 살랑이며
달 밝은 밤이면

나무꾼의 애틋한 사랑 노래가
바람 타고 흐른다

금강산

천제께서 천지를 창조하실 때
만 하루를 날 잡아
금강산을 만드는데 진력하셨다

천하의 명산이며
가장 아름다운 산이라 해서 금강산이라 했다

봉우리는 일만 이천 봉
최고봉은 비로봉이다

일만 이천 봉은
법기보살의 권속 일만 이천이 있어
저마다 봉우리 하나씩에 거한다고 여긴 데서 나왔다

서해를 품어 내 금강이며
동해를 품어 외 금강이다

봄볕에 금강산

한여름에 봉래산
단풍에 풍악산
설한의 개골산

흰 눈 쌓인 설봉산
뫼부리가 서릿발 같다 하여 상악산
신선이 산다 하여 선산이라 불린다

명산이라 화랑들이 유람했고
마의태자가 여생을 보냈으며

시인 소동파가
금강산을 한번 보는 것이 소원이라 했다

영국 작가 이사벨라 버드 비숍은
세계 어느 명산의 아름다움도 초월한다 극찬했고

스웨덴 국왕 구스타프 6세 아돌프는
금강산을 방문해 금강산의 경치에 감탄했다

이 아름다운 산에는

법기보살이 거한다고 했으니

화엄경에는
바다 한가운데 산이 있는데

여기에 법기보살이 거한다는 내용이 있고
금강산의 영험함과 불교의 성지로 꽃피운 곳이다
금강은 불교 경전인 화엄경에
해동에 보살이 사는 금강산이 있다에서 유래했다

어느 화가가 금강산 그림을 그렸는데
금강산의 경치는 상상 이상의 것으로
도저히 구상할 수 없는 그림이라

오른쪽을 보아도 그림
왼쪽을 보아도 그림
앞도 뒤도 그림이며

한 걸음을 옮길 때마다 변하는 데 있어서
그만 붓을 던질 수밖에 없다 했다

금강산 그림을 그리네
금강전도 화폭을 기암괴석들로 가득 채웠네
금강내산총도 화폭을 봉우리들로 가득 채웠네

금강이여
태양처럼 빛나는 그 이름 금강이여

태양이 지나다 멈춰 서고
달이 지나다 멈춰 서고
별이 흐르다 멈춰 섰네
사람들은 넋을 잃고 바라보며
천상 동산에서 세월을 잊은 듯했다

금강산을 오르네 일만 이천 봉

백 발의 돌은 한라산 돌
천 발의 돌은 독도 돌
만 발의 돌은 백두산 돌

백 발의 바람은 강원도 바람
천 발의 바람은 경기도 바람

만 발의 바람은 충청도 바람

백 발의 구름은 송악산 구름
천 발의 구름은 구월산 구름
만 발의 구름은 칠보산 구름

금강산을 오르네 일만 이천 봉

백 발의 비는 함경도 비
천 발의 비는 황해도 비
만 발의 비는 제주도 비

백 발의 물은 영산강 물
천 발의 물은 섬진강 물
만 발의 물은 금강의 물

백 발의 풀은 울릉도 풀
천 발의 풀은 전라도 풀
만 발의 풀은 경상도 풀

금강산을 오르네 일만 이천 봉

백 발의 나무는 마라도 나무
천 발의 나무는 청산도 나무
만 발의 나무는 백령도 나무

백 발의 꽃은 지리산 꽃
천 발의 꽃은 설악산 꽃
만 발의 꽃은 묘향산 꽃

백 발의 열매는 백두 열매
천 발의 열매는 독도 열매
만 발의 열매는 한라 열매

금강산을 오르네 일만 이천 봉
천하제일 금수강산이여

압록강

한반도에 제일 긴 강 있나니
그 이름 압록강이어라

백두산 천지에서 발원한 물은
황해로 흐르고

물빛은 오리 머리 빛과 같이 푸른 색깔을 하고 있어
압록이라 했다

태양의 신령성을 나타내는 고어에서 유래된
아리나례강이라고도 불렀다

먼 옛날 신석기 시대부터 인간이 거주하여
삼국의 무대로
고구려의 젖줄로
발해의 활동지며

고려 서희의 기상이 펼쳐진 곳이며

조선 세종의 위대함이 드러난 곳이다

그 성스러움은
천제의 아들 해모수가
물의 신 하백의 딸 유화와 사랑을 나눈 땅이며
고구려를 건국한 주몽을 낳은 곳이다

성 북쪽에 청하가 있으니
하백의 세 딸이 아름다웠다

압록강 물결 헤치고 나와
웅심 물가에서 놀았다 했다

옛 성현들은
압록강을 건너며 시를 읊고

압록깅에 배를 띄어 풍치를 즐겼고
압록강을 바라보며 인생을 달랬다

이별을 노래하고
떠난 임을 그리워하며 봄풀이 푸르거든

다시 돌아오리라 확신하며 그리움을 달랬다

압록강에 물새 날고
압록강 가을 물은 쪽빛보다 더 진하다 했다

강가의 고목은 쓸쓸하고
변방을 건너 오가는 작은 배 흔들려도
꿈을 안고 험지를 오갔다

성 마루에 올라 압록강을 바라보곤 했다
왕궁의 임금님은 옥체 강건하옵신지

변방의 노장은 목숨으로 압록을 지켜
그 성은에 보은하리라 다짐하며

우국충정의 마음을 달래며
성 마루에 올라 그리워했다

성에서 압록을 바라보던 아낙은
낭군님 무사히 돌아오기를 기원하며
눈물로 학수고대하며 압록강을 채운다

압록강 푸른 버들을 보며
그리운 이를 그리워했고

떠난 임은 한 해 두 해
압록강 버들은 푸르렀다 다시 푸르고
그 세월을 반복하는데

그리운 임은 오시지 않고
버들만 푸르렀다 시드네
강은 풍요롭고 너그러웠느니
강가 오두막집에 노부부 살았네

삼신께서 자식을 점지 안 해 주시니
말년에도 쓸쓸히 지냈네

어느 날
눈보라 치는 강에서 낚시를 하는데
고기는 물지 않고 날이 저물었네

노인은 허기진 배를 달래며
고기를 기다리네

땅거미 위로 초승달이 살그머니 올라와
노인의 낚싯줄을 바라보네

하루 종일 고기 아니 무니 보기도 딱한지라
초승달은 큰 물고기 한 마리를 낚시에 꿰어 주네

노인이 힘껏 줄을 당기니
월척 한 마리 얼음 위에 올라왔네

낚시를 풀고 그물 망태에 넣으려 하는데
큰 물고기 울면서 애원하네
저는 용궁에 사는 용왕의 공주인데
물놀이 나왔다 땅에 올라왔노라고
부디 목숨을 살려 주면 은혜를 잊지 않겠노라고

노인은 큰 물고기를 바라보더니
슬그머니 물속으로 되돌려 보내고
터벅터벅 집으로 돌아왔네

노부부는 그날 밤 굶은 채 잠이 들었고
꿈속에서 물고기가 나타나 말하기를

내일 아침 강가로 나올 때
소원 한 가지를 생각하고 나오라 했네

다음 날 아침
노인은 강가에 나가 낚시를 드리우는데
어제 그 물고기가 나타나 소원 하나를 물어보네

노인은 허허 웃으며 한마디 했네
우리 노부부 건강하게 백년해로해 주게
물고기는 웃으며 물속으로 사라졌네

그 이후 노부부는 백년해로한 후
신선이 되어 하늘나라로 올라갔다네
압록강은 애환 이별 사랑이 서린
한 민족의 정서의 강

삶을 녹인 살아 있는 강
움직이며 흐르는 강이라네

초목과 곡식이 풍성하며
나무들이 번창했고

그 풍요를 자자손손 누린다네

흘러라
압록강이여

차고도 넘치게 흘러
한반도에 봄꽃을 피워라

두만강

백두산 동쪽 기슭에서 발원해
동해로 흐르나니

새가 많이 모여드는 골짜기로
안개 낀 강이라 했다

예부터
생명의 강 희망의 강이었으며
전해 오는 두만강의 전설이 있나니

옥황상제가
백두산 천지 물을 좋아해서
백룡신으로 하여금 지키게 했다

어느 날
백룡신이 옥황상제가 하사한 보물병에
천지 물을 가득 담고

산 아래로 내려가 놀다
보물병을 떨어트렸다

병 안에 있던 천지물이
산세를 따라 흘러들어가
동쪽으로 흘러 두만강이 되었단다

백두산 기슭 아래 강씨가 살았는데
신선소에서 콩 씨앗을 얻어와 농사를 지었다

콩 농사는 해마다 잘되어 풍년이 들었고
콩이 넘쳐나게 한 강씨라는 의미로
두만강이라 부르게 되었단다

우리 민족에 친근한 정서
아리랑에 전해 오는 이야기가 있나니

고려시대
두만강 강가에
한 쌍의 금슬 좋은 부부가 살았는데

어느 날
남편은 아내의 험담을 듣고 집을 나갔고

남편을 만류하며 뒤를 따라가며
아내가 노래를 불렀단다

아리랑 아리랑 아라리요
아리랑 고개를 넘어간다

나의 낭군 나의 낭군 어디 가세요
나의 낭군 고개를 넘어간다

우리 정서의 한이 배인 아리랑이었다

두만강가에
홀어머니를 모시고 사는 나무꾼이 있었는데

어느 날
백 살 먹은 호랑이가 그 나무꾼을 잡아먹었다

홀어머니는 슬픔에 잠겨

아리랑 아리랑 아라리요
아리랑 고개를 넘어간다

나의 아들 나의 아들 어디 갔느냐
나의 아들 고개를 넘어간다

아들을 애타게 부르며
몇 날 며칠을 찾아 헤맸다

그 측은한 모습을 보고 있던
옥황상제께서
호랑이에게 말하기를

저 불쌍한 노인은 자식을 잃고
홀로 살아갈 희망이 없으니
네가 대신 아들 노릇을 하여
아들 죽인 업보를 갚도록 하라 명하셨다

그 이후 호랑이는
날마다 산 짐승을 잡아 다 어머니께 드리고
몸에 좋은 약초를 캐다 드리며

아침저녁으로 문안 인사 올리며
지극정성으로 아들 역할을 다했다

그 노인이 나이 들어 천수를 마친 날
호랑이는 먹지도 않고 자지도 않고
슬프게 울더니

노인의 장례를 마친 날
큰 바위 언덕에 올라
강으로 뛰어내려 죽었다

그 이후
강가에서 꽃이 피었는데

꽃 모양새가 호랑이 가죽처럼
붉은 바탕 위에 검은 점무늬를 보고
호랑이 꽃이라 불렀다

두만강 푸른 물에 노 젓는 뱃사공이여
달 밝은 밤 호랑이 꽃 피어나니

어서 집으로 돌아가오

나의 낭군 어디 계세요
아리랑 아리랑 아라리요

영금정

파도가 부딪칠 때마다
넓게 깔린 바위에서 거문고 소리가 들리니

밤에 선녀들이 내려와
그 신비한 소리를 들으며 목욕하며 즐겼다 하여
비선대라 하고

달 밝은 밤
돌 봉우리에 새 날아가고
노송에 별 쏟아지니 바라보면 천상의 풍경이었네

영금정은
본래 사방이 절벽을 이룬 석산이었다

석산 꼭대기 바위에는
천마가 놀던 말 발자국이 있었고
징 바위가 있었는데
이 괴석을 발로 차면 징 소리 같은 소리가 났었다

이 소리는
한 사람이 치든 백 사람이 치든 소리는 똑같았다

옥황상제께서
어느 날 동산을 산책하고 계셨다

대나무 숲 동산을 지나는데
선계의 동자가 비파는 뜯지 않고 멍하니 앉아

옥황상제께서 오신 줄도 모르고 있기에
동자에게 물으니

동해 바닷가에 절경이 있는데
그곳이 저의 어머니의 고향이옵니다

오늘은 어머니가 보고 싶어
고향에 한번 다녀오고 싶습니다 아뢰니

옥황상제께서
만 하루의 시간을 줄 터이니
속히 다녀오도록 해라 하셨다

동자는 신이 나서
어머니에게 들려줄 선계의 소리
비파와 징을 안고
천리마를 타고 동해 바닷가 절벽 봉우리로 내려갔다

석산 대숲에 도착하여
어머니를 불러 보았으나 대답이 없었다

동자는 이곳저곳을 돌아다니며
어머니를 불렀으나 기척이 없었다

동자는 대숲 바위에 앉아 비파를 뜯으며
사모곡을 애절하게 불렀다

그 곡조에 대나무가 춤추고
노송이 춤추며 파도가 춤췄다

한참 동안 비파를 뜯던 동자는
바위 끝에 올라 동해 해변을 바라보았다

구름이 파도에 내려앉고

학이 노송을 거닐며
아득한 절벽 아래 파도는 맑았다

그때
세찬 바람이 불어오는 바람에
비파가 바다에 떨어졌다

동자는 비파를 잡으려 하였으나 소용이 없었고
천리마도 껑충껑충 뛰며 어쩔 줄을 몰라 했다

동자는 슬픈 마음을 달래려
징을 두드리며 울었다

해가 지자 천리마를 타고 하늘로 되돌아갔는데
파도가 칠 때마다 바닷가에서
거문고 뜨는 소리가 들렸고

파도가 거칠 때에는
거문고 소리와 함께 징 소리도 들리고
천리마가 우는 소리도 들리곤 했다

천리마가 껑충껑충 뛰었던 자리엔
말 발자국이 남았고
징 바위가 있었다 하는데

지금은
본래 사방이 절벽을 이룬 석산은 무너지고
넓게 깔린 바위에 동해의 푸른 파도가 오간다

죽서루

동해로 휘돌아 나가는 오십천의 물길이여

길게 이어지는 죽서루 적벽 위 송림이 푸르니
관동팔경 제일루 죽서루라

누각 동쪽의 죽상사라는 절과
이름난 기생인 죽죽선녀의 집을 따와
죽서루라 하였다 전하네

오십천에서 바라보면
벼랑 위에 서 있는 죽서루는
암반과 적벽부 경관이 주변과 어우러진 명승지요

오십천을 휘감아 돌아 동해로 흐르고
협곡을 따라 송림 길게 늘어서니

적벽부 동해 푸른 물결 넘실대는
관동팔경의 제일이라

두타산 푸른 솔 송림은 더 푸르고
오십천 절벽 위 송화 가루 날리네

관동팔경 제일루에 올라
먼 바다 바라보니

노송에 앉은 학은
지상의 선녀인 듯하고

구름 위에 달은
천상의 등불같이 반짝이고
달 위에 별은 그리움의 눈동자라

지나는 바람이 향수를 일으키니
부모님 생각에 고향 그립고

달 밝은 밤
신선같이 시 한 수 읊으니
먼 하늘로 기러기 떼 날아가네

죽서루 송림은 변함없는데

어제의 벗은 보이지 않고
저 멀리 고깃배만 흘러가누나

하늘에는 밝은 달
바다에는 푸른 별
송림에는 그리움 짙나니
죽서루에 앉아
그리운 고향
그리운 벗 생각에 눈물질 때

먼 하늘로 기러기 떼
고향으로 돌아가네

상원사

내 고향은 서라벌
나는 신라 성덕왕 때 태어났네

내 모습은
맨 위에는
큰 머리에 굳센 발톱의 용이 고리를 이루고
음통은 연꽃과 덩굴무늬로 장식되었네

몸체의 아래와 위는
넓은 띠와 사각형의 연곽은
구슬 장식으로 테두리하고

그 안쪽에 덩굴을 새긴 다음
1구에서 4구의 악기를 연주하는 주악상을 두었지

네 곳의 연곽 안에는
연꽃 모양의 연뢰 9개씩 두고

그 밑으로 마주 보는 2곳에
구름 위에서 무릎 꿇고 하늘을 날며
악기를 연주하는 주악비천상을 새겼네

비천상 사이에는 종을 치는 부분인 당좌를
구슬과 연꽃무늬로 장식했지

몸체의 아래와 위의 끝부분이
안으로 좁혀지는 항아리와 같은 모습을 하고 있네

우리나라에서 현존하는 종 가운데
가장 오래되고
종의 고유의 특색을 갖춘 모본이 되는 종이라네

고향을 떠나온 계기는
조선 7대 국왕 세조와 인연이 깊네

상원사에 들른 세조가 법당으로 들어가려 하자
고양이들이 바지 자락을 물며
법당으로 못 들어가게 막아섰네

세조가 이상하게 여겨 법당 안을 뒤져 보니
그 안에 자객이 숨어 있었네

세조는 고양이들에게 전용 밭을 하사하고
석상까지 만들어져 후세에 전해지게 되었네

그 후 선왕 세조의 명복을 빌기 위해서
아들 예종의 왕명에 의하여 상원사로 옮겨왔네

산사에 솔바람 부니
영혼의 춤사위가 단풍잎에 떨어지네

여름내 푸르러 수행 끝에 해탈한 듯
미련 없이 홀홀 떠나가니

갈잎에 상추 객
오매 저 단풍 탄성을 연발하고
바람에 흩어지는 단풍이 한겨울 눈 내리듯 하네

동트기 전부터 상추 객 파도처럼 몰려오더니
갈 단풍 먼저 보려고 앞다퉈 걸어가네

산사의 단풍이나 입구의 단풍이나
고운 빛 차이도 없는데

산사의 마음은 헤아리지 못하고
사바에서 하는 대로 욕심만 부리네

인파에 놀란 산새들 파드득 나니
단풍잎 계곡에 떨어지고
아침 예불을 알리는 종소리에 단풍이 또 떨어지네
여보시오 상추 객님
갈 단풍 지천이고
오늘 볼 만큼 넉넉하니
잠시 욕심 내려놓고 기도하고 가시게나

그대 기도는
단풍잎 떨어지듯
복록이 후손에게 내리는 걸 왜 모르시는가

구룡사

순백의 영혼을 보려거든
산사의 아침을 맞으라

걷는 걸음마다
선계의 살기를 느끼리라

맑음이 담을 치고 고행이 그 안에 있으니
득도하여 성불한 혜안이 푸르다

한 발짝 걷는 걸음마다 깨달음의 길이니
함부로 걷지 말며
생각 없이 발자국을 남기지 마라

지나온 길은 지울 수 없고
밟고 온 길은 되돌릴 수 없으니

길이 있거든 산사처럼 걷고
길이 없거든 수도승처럼 걸어라

침묵이 영혼을 깨우고
참됨이 해탈을 보리라

맑은 눈에 선경이 보이고
순수한 영혼에 해탈이 들어온다

구룡사 가는 길
마음을 씻고 버거움 내려놓고
산사의 길은 득도의 길

몸이 가벼우니 바람이요
맘이 가벼우니 물이로다

산사 계곡에 접어드니
시원한 물줄기에
초목마저 푸르니
티 없이 고운 불국토 세상이네

근심 걱정이 웬 말이고
실망 좌절이 웬 말인고

살아온 날들이 좋은 시절만 있었던가
고난의 연속에 동굴에 갇힌 한 줄기 빛인 것을

천년을 감내하고 용이 승천하고
만년을 인고 끝에 용이 승천하듯

수천 억겁의 수행 끝에 인간으로 태어난 몸
구룡이 말하네

지금 있는 대로 감사한 인생
너무 욕심부리지 말고 내려놓고 내려놓으라고

너무 고민하지 말고
털어버리고 털어버리라고
지금도 버거우니 비우고 비우라고

날아가는 새
유영하는 물고기
가꾸지 않고 돌보지 않아도 잘 살아가듯

그대 인생도

구룡사 아홉 마리 용이 승천하듯

성불하리라

2부

낙
화
암

낙화암

화무십일홍이요
천년 왕국도 일장춘몽이라

춘삼월 꽃송이
오뉴월 전에 떨어지고

꽃다운 청춘 피기도 전에 져버리니
그 애통함이 하늘과 땅을 울리네

달도 차면 기울어지고
해가 지면 별이 뜨건만

구중궁궐 꽃다운 나이에 속절없이 지내다가
머리도 못 올리고
하염없이 떨어진 눈물의 꽃이여

얼마나 많은 사람이 뛰어내렸길래
꽃이 떨어지는 모습 같다 하여 낙화암이라

가슴에 고인 눈물 어이하고
눈가에 맺힌 이슬 어찌할까나

충신은 죽어 나라 위해 있고
열녀는 죽어 절개를 지킨다지만

한 송이 꽃이 되어
망국의 한을 달래니

고란사 앞뜰에 붉은 꽃송이
삼천궁인의 원한을 추모하노니
천상의 선인으로 환생하소서

꽃 한 송이
피기도 전에 떨어지네

거센 바람 꽃잎 흔들고
폭풍우 몰아쳐 꽃잎 떨구니

가련한 꽃은
천둥 번개에 떨어지고 또 떨어지네

강 건너에서 언덕을 바라보니
삼천 궁인이 백마강에 뛰어내리는 모습이
마치 하얀 꽃송이가 떨어지는 것같이 보여
낙화암이라 하니

그 애끓음
통한의 슬픔을 어이 하나

삼천 궁인의 한이 백마강에 흐르고
삼천 궁인의 영혼이 고란사를 울리네

산도 강도 나무도
한 송이 꽃을 지키지 못하고 바람에 떨어졌으니

산이 있으되 산이 아니요
강이 있으되 강이 아니요
나무가 있으되 나무가 아닌 이 땅에

살아 욕됨을 보느니
깨끗이 죽어 맑은 세상에 다시 태어나리라

부모님 살아계실 때 효도 한번 못하고
형제들 살아생전 만난 적도 없는데
그리운 고향 땅을 밟아 본 지 오래

소꿉친구도 대청마루도
앞뜰 봉숭아 뒤뜰 살구나무

어릴 적 이웃집 갑돌이
마당에서 같이 놀던 강아지여

천상의 꽃동산에서
선인으로 다시 태어나게 부디 명복을 빌어 다오

개심사

청 벚꽃 너울대고 겹벚꽃 춤추니
대웅전 석가모니 미소 짓고
5층 석탑이 흥겹다

궁금증을 자아낸 조개나물
담장의 잡초
돌 틈 사이 푸른 이끼도
계단 밑을 기웃거리고

더 가까이 다가서고 싶은 산개 벚나무
연못 위 매발톱이 조바심을 내는데

청 벚꽃은 보살같이
겹벚꽃은 문수보살인 양
오가는 사람에게 똑같은 마음을 나누어 주네

연못 위 배롱나무
뒤꼍의 복사꽃

하얀 동백마저 산사가 온통 봄빛이다

명부전 앞
연등 닮은 동자승과
바람 닮은 사람들이 꽃처럼 걷고

개심사에서만 피어난다는 청 벚꽃
그대도 꽃이고 나도 꽃이다

청 벚꽃은 청춘을
겹벚꽃은 중년의 웃음을 닮았다

바람 닮은 사람들 꽃처럼 걷고
청 벚꽃 겹벚꽃 활짝 피어나니
인생의 봄도 만발했다

꿈속에서 보았네
한 송이 청 벚꽃

그 꽃은 저만치 홀로 피어 영혼을 감싸네

인생살이 고달픔
외로움을 위안받고 다시 일어서라고
청 벚꽃이 용기를 주네

산사 오르는 길
가벼운 몸으로 날아올라

대웅전 앞 붉은 참꽃 바라보니
다정함 가득하고

연분홍 왕벚꽃을 바라보니
어서 오라 손짓하고

팔상전 앞 분홍 왕벚꽃에
부처님의 미소가 반기고

명부전 앞 청 벚꽃 바라보니
아름다운 영혼으로 살라 미소 짓네

현충사

일편단심 나라 위한 충정

이 몸이 살아 있음은 나라 위해 있고
이 몸은 죽어서도 나라 위해 보은하네

옛집에는 우국충정의 마음 안은
장군의 숨결 살아 있는 듯하고

장군의 늠름한 모습같이
은행나무 두 그루 의연히 서 있네

은행나무 푸름은
죽어서도 잊지 못할 장군의 충정이니

예전 장군께서
나라 위해 헌신하신 충정은

초목이 무성하여 숲을 이루었고

물이 풍부하여 생명수가 되었나니

애민 애족 오직 한 길
우리가 나아가야 할 바른길이며
무수한 세월이 흐른 뒤에도
천고에 빛남은 변함없으리니

옛집 은행나무 그늘에 앉아
장군을 그리워하네

현충사 가는 길에 시내버스가 달린다

울퉁불퉁 비포장 길을 먼지 풀풀 날리며
시내버스가 툴툴 달린다
그 버스 안에는 젊은 날의 초상이 앉아 있다

주머니가 가난한 청춘에게
시내버스를 타고 달리는 현충사 길은
최고의 낭만 길이었다

젊은 꿈이 이루어지는 날

멋지게 차려입고 다시 찾겠노라고
다짐하며 또 다짐했었다

어릴 적 현충사 길은
꿈의 길이며 낭만의 길이었다

선현을 향한 존경심과
나라 사랑의 마음이 배인 길이었다

검은 교복을 말끔하게 차려입고
가방을 단정히 들고
호국의 얼이 어린 현충사를 걸었다

충무공의 얼을 이어받아
훌륭한 사람이 되고 나라를 위해 일하리라고
그 맹세와 다짐을 안고 현충사를 걸었다

젊은 날의 꿈과
가난한 영혼이
그 길에서 장군을 그리워하며
그 옛날 추억을 그리워하네

황산벌

산천을 울리던 그날의 함성
나당 연합군이 밀물처럼 들어왔다

계백의 결연한 의지는
가족애마저 끊고 일전을 준비했다

작은 나라의 병사로
당의 대군과 신라를 상대해야 하니
국가의 존망을 알 수 없다

처자식이 포로로 잡혀 노예가 될지도 모른다
살아서 치욕을 당하느니

차라리 쾌히 죽는 것이 낫다며
자신의 칼로 직접 처자를 죽였다

나 계백은 밤잠을 설치며 고민했네

날이 밝으면
황산벌에서 5천 병사로
5만 나당 연합군과 싸운다네

국가의 존망은 풍전등화
거센 회오리가 몰아치고 태풍이 불어오네

나라는 낙엽처럼 바람에 휘날리고
의지할 곳 없는 백성은 이슬 같아라

새벽닭이 울자
가족을 모아놓고

적의 포로가 되어 노예로 사느니
의롭게 죽는 것이 나으리라

그 모진 말 한마디 하고
칼을 높이 들어 내려치니

가슴에 불이 나고
눈물의 강이 백마강을 채우네

울분을 삭이고 속마음을 감추며
황산벌로 향하네

일전 일전
죽음만이 살길이다

오직 죽음으로 지켜낼 나라가 있을 뿐
사랑하는 가족도
망국 앞에선 죽음만이 전부였다

현군인 의자왕은 충신들과 대사를 도모했으나
나당 연합군 앞에 백성은 도륙당하고
삼천궁인은 꽃이 지듯
백마강에 목숨을 던지던 그날

계백 장군 오천 결사대는
죽음으로 황산벌을 맞이했다

그날 그 전쟁터에서
빛나던 눈동자

오천 결사대 최후의 결전이 있던 날
황산벌에는 까마귀가 날았다

그날의 아비규환은 사라지고
까마귀 날던 자리
천년 왕국 백제의 꿈도 잠들었다

오직 계백 장군과
오천 결사대의 영혼만이
메아리 되어 외친다

황산벌

공세리 성당

꽃피고 새 지저귀니
철쭉은 붉고

벚꽃 진자리 제비꽃 피어
꽃잔디 붉다

성당은
형형색색 화사한 천국의 문

새순 돋아 녹음은 짙고
아름드리나무에
맑은 바람 한 줌 쉬어 가는데

성당 오르는 길에 우뚝 선
350년 된 느티나무가 수문장처럼 서 있다

하늘은 연둣빛
비파 선율 같은 영혼으로

성 가족상 앞에 서서 축복을 기원한다

성당에 다다르면
천사가 손짓하고 요정들이 속삭일 것 같은
고딕 양식의 건물이
느티나무 사이로 고풍스런 모습으로 서 있다

본당은 산 자의 영혼을 위해
32위 순교자의 현양비는
영원한 안식을 위해 두 손 모아 기도한다

그날의 기억
그날의 아픔을
고스란히 간직한 성당 박물관은

무언의 기록으로
용서와 화해를 고증하고 있다

성당 뒤껼으로 돌아가는 십자가의 길에는
128년 전 아침처럼
에밀 드비즈 신부님은 구도자가 되어

이 땅에 평화를
모든 이에게 축복을 기원한다

은총과 안식의 경건한 성체조배실에는
깊은 침묵이 흐르고

공경과 겸손
경외감으로 숭고한 넋을 기리는 구도자가
고도를 기다리고 있다

종소리가 하늘에 닿을 때
기도는 천국 문을 두드린다

성모님께 두 손 모은
농부의 아침에
바다로 나가는 어부의 발길에 은혜가 내린다

그날의 순교자처럼
현양 탑 앞에 선 순례자는
경외감으로 기도를 드린다

맑은 영혼과 순수한 마음이 경배하는 곳

진실한 자의 눈에 구원의 문이 열리면
천국으로 가는 계단이 보인다

천국의 문에 들어서면
선한 자만이 통과하는 문과

믿음이 깊은 자가 지나는 문
중앙에는 부름을 받은 자가 들어가는 문이 있다
맑은 영혼을
천상으로 인도하는 종소리는

선한 자가 들어서면
12번을 울리고
믿음이 깊은 자가 들어올 땐
13번을 울리고

부름을 받은 자가 들어오면
15번을 울린다

종소리는 받아들임과
영혼의 구원이 영속됨의 의미하며

보시기에 좋았더라
그 말씀의 증거다

공세리 성당에서는
그 음성이 증거 되는
성부와 성자와 성신의 말씀이 살아 있다

바람이 속삭여요
믿음을 가지세요

쉬지 말고 기도하세요

구름이 다가와요
고요한 빛 있어라
하늘을 우러러 구도하기를

부름받은 사람이 순례하는 곳
인주 고을에 일찍이 복음이 들어와 믿음 심었네

하늘의 영광되신 순교자의 영혼이
땅에서 복음 되오니

성모 마리아님

슬픔에 기쁨을
아픔에 쾌유를
두 손 모은 기도에 은총의 종 울리소서

이 땅에 믿음이 살아 있음을
축복하여 주시고
은혜로움에 감사드리게 하소서

공세리 성당에 바람이 분다

하늘에서 내린 은총 땅 위에 복음 전하니
골고다 언덕 십자가를 잊지 않게 하시고
이 땅에 오심을 영광되게 하소서

영인산 오색구름
영롱한 빛 공세리 성당에 내린다

아산호 맑은 물 돛단배 떠가고
삽교천 물결 따라 황금 들녘 이루니
공세리 성당에 은총이 내린다

종소리에 기도하는
자유와 평화
땅끝까지 충만하게 하소서

바람은 천상의 소리며
파도는 순교자의 영혼이다

돛단배가 오가던 옛길은
내포의 관문인 해상과 육로의 포구였다

성당의 종소리는
평야의 곡식을 기름지게 하고

파도 소리는
비옥한 땅의 곡식을 키워내며
청정한 바람은 넉넉한 인심을 낳았다

1890년 신앙의 시작으로
믿음을 박해받던 시대에
32분이 순교하여 신앙의 성지가 되었고

350년 넘은 보호수 4그루는
아픈 역사를 오롯이 지켜왔다

아산만의 파도 소리와
미사의 종소리에
자유와 평화를 기도하는 은총이 내린다

영인산의 한 줄기 바람
영롱한 빛이 성당에 내리면
아산만의 뱃고동 소리는 힘차게 울린다

북단에는 평택항이
아산만 위로는 서해대교의 물류가
중국을 지나 서역의 땅으로 되돌아간다

공세리 성당 최초의 사제인
파리 외방전교회 드비즈 신부가

1895년 공세리 본당을 설립하고
복음을 전하였고

고딕 양식의 아름다움은
은총이 넘쳐 나는 순교자의 성지가 되었다

삽교천

코스모스 한들한들
고향의 강에 피었다

고향의 강에는
인정의 꽃
사랑의 꽃
그리움의 꽃이 피었다

어릴 적 아련한 기억
개구쟁이 천진난만함도

인생의 꿈도
사랑도
희망도
고향의 강에 피었다

고향의 강에 갈대꽃 피고
강둑을 달리는 자전거에 메뚜기 날고

붕어가 뛰어오른다

삽교천 맑은 물
물장구치며 고기 잡던 곳
그곳은 추억이 흐르는 마음의 고향

코스모스처럼 걸어라
갈대같이 웃어라

농부의 웃음이
연인의 사랑이
삽교천을 따라 흐른다

인생은 추억을 먹고
마음은 고향을 먹는다

송화 가루 날리는 오월은
솔향기 짙고
감자밭이 푸른 달빛에 빛났다

산기슭에 안긴 시골집은

풀벌레 울음소리에

달빛은 소나무에 앉고
별빛은 솔가지에 쏟아져 내렸다

초여름 개구리 울음소리에
온 가족이 마당에 둘러앉아
보리밥으로 온정을 나눴다

강아지는 가족이 되어 함께 밥을 먹었고
외양간에서 되새김질하며 누워 있는 소가
여름밤을 즐기고
소년은 작은방 창가에서 별을 세며 꿈을 키웠다

농사일에 지친 아버지는 초저녁에 잠이 들고
어머니는 일손들 먹을 음식 준비로 바쁜데
앞마당 강아지는 개구리랑 놀고
닭장의 닭 한 마리는
강아지를 바라보며 졸곤 했다

그 시골집 작은방 창가에 앉은 소년은

아버지의 대물림은 하지 않으리라 다짐하며
꿈을 키웠다

푸른 달빛 아래
오뉴월 감자 익어 가듯

농부의 고단함은 자식 잘될 거라는 희망으로
한평생 농부로 살아야 했다

먼 훗날
양복을 말끔히 차려입은 신사가 시골을 방문했다

터만 남은 시골집은
수풀이 우거진 채로 방치됐고

뒷산 양지바른 언덕에서
아버지의 영혼이 옛집을 바라보고 계셨다

맑은술 한 잔을 올리고
한 말씀 올린다
아버지 그때가 좋았어요

삽교천 벌판에 달구지가 간다
허허벌판 모심기에 하루는 길고
어린 마음에 고달픈 농사일에 싫증이 났다

시골집에서 논까지는 걸어서 1시간
광주리에 먹을 것을 이고
일손 먹을 것을 달구지에 싣고 벌판을 오갔다

농사일이 근본이라시며
아버지께서 항상 말씀하셨지만
아들은 농사일 그만두는 일이
살길이라고 다짐하며 꿈을 키웠다
농사일은 절대 대물림 받지 않으리라 다짐하며
삽교천 벌판을 오갔다

황금벌판에서 벼 베기가 시작되면
소달구지에 벼를 싣고 방앗간으로 나르고
앞마당 창고에 쌓아두고
그래도 남은 벼는 공출을 했다

아버지의 성실함으로 얻은 벼는

대출 원금과 이자를 갚고 빌려 쓴 돈 갚고 나면
손에 쥐는 것은 늘 빈손이었다

고생하고 수고한 만큼
얻을 게 없는
남는 게 없는 일에
자식은 그 땅에서 벗어날 길만 생각했다

세월이 흘러
그 논에서 아버지의 발자취가 사라지고
그 땅을 일구며 가꾸던 손발도 사라졌다

어느 날
승용차 한 대가 삽교천으로 향한다

차 안에서
삽교천 황금벌판을 바라보며

그리움의 말 한마디

아버지 그때가 좋았어요

아산만

들꽃 살랑살랑
고추잠자리 윙윙

검은콩 톡톡 터지는 소리에
밤알 툭툭 떨어지고
깃털 같은 바람에 벼 야무지게 여문다

귀뚜라미 가을 깊어
선홍빛 사과 함함한데
서늘한 바람에 은행 탱글이 익어 가고

아산만 지류 따라
붕어 펄떡펄떡
메기 팔딱팔딱
솔개 힘차게 난다

황금 들녘 기름진 땅에 오곡백과 풍성하고
농부의 수고가 한겨울 안식을 맞고

공세리 성당에서 저녁 종이 울린다

한 발짝 뒤로 물러선 영인산은
또 다른 내일을 준비하고
아산만 물줄기가 삽교천을 휘돌아 간다

그해 겨울
공세리 성당에 들렸다 그 애 집으로 갔다

안방 아랫목에 앉아 고구마를 먹었다
낡고 오래된 시골집
허술한 창문으로 찬바람이 송송 들어왔다

방에 앉아 있어도 한기를 느끼니
이불을 덮고 아랫목에 나란히 앉아
이야기를 나눴다

오순도순 이야기를 나누다
그 애의 발이 나의 발에 닿았다

순간 짜릿한 그 무언의 느낌

싫지 않은데 약간의 두려움과 호기심이
동시에 일었다

장난치듯 다시 한 번 그 애 발이 닿았다
피하지 않고 가만히 있는 그 애 발

순간 그 애를 바라보았다
그렇게 몇 분이 지나자
그 애를 안고 입맞춤하는 자세가 되었다
그날의 추억은 거기까지였다

그 후 나는 고향을 떠나 경상도로 진학했다
1년 뒤 그 애는 서울로 갔다

먼 후일
공세리 성당을 찾았다

추억은 바람에 묻히고
성당 오르는 길에 봄꽃이 만발했다

성모마리아상 앞에 서서 기도한다

그리움의 영혼에게 은총을

솔뫼

푸른 솔 한 그루 서 있는 언덕에
흰 구름 한 점

밝은 빛 솔뫼에 내려
맑은 영혼이 믿음의 동산에 올랐다

소나무가 우거진 언덕은
솔숲을 이루어 솔뫼라 하고
충청도 제일 좋은 땅이라 하여 내포라 한다

포구의 배가 문물을 쉼 없이 실어 나르니
서학이 들어와 믿음의 터가 되었다

한국 최초의 사제인
성 김대건 안드레아 신부가 태어난 성지로

헌신
사랑

순교가
신앙의 꽃으로 피어

프란치스코 교황 방문하시어
매듭을 푸시는 성모님 경당을 봉헌 받아
믿음의 성지가 되었다

내 이름은 대건 안드레아라네

한국인 최초의 로마 가톨릭교회 사제가 되었고
성인으로 시성 되었네

우리 집안에서는 4대에 걸쳐 순교자가 나왔네
나는 내포 솔뫼 마을에서 태어났네

15살에 피에르 모방 신부에 의해
신학생으로 발탁되어
마카오로 유학하여 신학을 공부했고

상해 진쟈샹 성당에서 페레올 주교로부터
사제로 서품돼 그해 귀국했네

조선에 입국한 후
용인 일대에서 선교 활동에 힘쓰며
외국 선교사들을 영입하기 위해 힘쓰다

서울 한강변 새남터에서 국문 효수형을 받고
26세에 순교했네
믿음의 꽃
성지의 꽃

아무도 가 보지 않은 길
누구도 해 보지 않은 길

그 길을 걸어간
순교자가 천상에서 웃는다네

광덕사

산사는 바람의 시간

배롱꽃은 피고 또 피어 백 일 동안 피어나니
비구니 스님은
껍질을 벗는 배롱나무처럼

세속의 욕망을 떨쳐버리고
일일신 우일신 하느니

하늘은 천고의 시간
능선 위 구름이 물같이 흐르는데
산새의 지저귐이 배롱꽃에 앉는다

고요를 깨는 건 산새의 날갯짓
해탈의 도량에서 마음을 내려놓는다

대웅전 염불 소리 산새가 읊고
관음전 목탁 소리 다람쥐가 왼다

산사의 일상이 나뭇잎 소리로 시작되고
하루의 해가 목탁 소리에 잠든다

오가는 건 바람뿐
어쩌다 저 멀리 구름이 지날 뿐
산사는 참선 고도의 공간이다

대웅전 뒤뜰에 핀 백일홍 한 그루
나뭇가지에 앉은 산새 한 마리
노승의 염불소리

광덕사 여름이 푸르다

안양암의 비구니여

열 달을 뱃속에서 키워 낳으니
너는 공주라

너를 낳고 세상을 얻고
생의 환희를 안았다

모유 먹고 자라며 엎치락뒤치락
아장아장 걸음마

초롱한 눈으로 바라보며
해맑게 웃는 너를 볼 때마다
세상에서 나는 가장 행복한 아빠였다
천사처럼 고운
요정처럼 아리따운 너를 곱게 키워
세상에서 가장 예쁘게 빛나는
신부로 만들고 싶었다

그게 네가 가야 할 길인 줄 알았는데
어느 날 너는 속세를 잊는다 했다
깨달음을 얻는다 했다

여자가 출가하여 깨달음을 얻는 것을
비구니라 했다

안양암의 비구니여
너는 대오각성 하여 깨달음을 얻고
중생을 구제하는 부처가 되었지만

아비의 눈에는 어여쁜 딸이고 귀여운 공주다

두 손 모아 합장하며
나무아미타불 관세음보살

득도하여 성불하소서
나무관세음보살

인생이
한 점 재로 돌아가네
바람처럼 왔다가 떠나가네

한 점 구름같이 머물다
시냇물처럼 흐르나니

빈손으로 왔다가 되돌아가니
티끌처럼 가볍네

살아생전 욕심 없으니
맑음이요

가진 것 없으니
번뇌도 없고 미련도 없네

한평생 산다는 게 한바탕 꿈이요
천수를 누렸으니 한 줌의 재인 것을

놓고 버리고 비우니
참 세상이 보이네

한 마리 새처럼 날아가네

그대 가슴도 놓고 버리고 비우라고
영생의 불꽃이 훨훨 타오르네
거화 아미타 불법승

광덕사를 걸어라
광덕사 일주문에 들어서니

태화산광덕사
뒤돌아보니 호서제일선원이라

광덕사의 수문장으로
520년 넘게 살아온 느티나무여
400년 넘게 살아온 광덕 호두나무여

백 일 동안 피고 또 피어나는 백일홍은
안양암에 피어나니
그 이름 같이 극락의 세계라네

극락전을 바라보며 담소하는 스님을 보니
백일홍도 극락인데 그 모습도 극락이네

극락을 보려거든
광덕사 안양암에 와서 백일홍 꽃을 보시게

극락이 그대를 반기니
인연
해탈
모든 것이 다 마음속에 있다네

나무아미타불 관세음보살

공산성

나 어릴 적 꿈이 있었지
칼싸움에 활쏘기

난 커서 장군이 될 테야
백마를 어루만지며
말놀이에 전쟁놀이를 즐겨했었지

지금은 공산성을 지키는 군인이 되어
나당 연합군에 맞서 싸우는 무명의 용사라네

나 죽어도 울어 줄 리 하나 없고
나 죽은들 누구 하나 기억해 줄 리 하나 없지만

나라를 지키고
사랑하는 부모 형제를 위해
나당 연합군에 맞서 싸우네

나 어릴 적 꿈은 장군이었지

그 꿈은 이제 공산성 전투에서 잠든다네

무명용사가 되어 장군처럼 싸우고
장군보다 결연한 의지로
계백 장군 뒤를 따른다네

최후의 결사 항전
공산성을 잃으면 망국의 한이 되니
목숨을 걸고 싸운다네

나 어릴 적 꿈은 장군이었지
공산성 전투에서 무명으로 싸우며
나라 위해 이 한목숨 기꺼이 바치며
계백 장군을 따라가네

나 죽어도 울어 줄 리 하나 없고
나 죽은들 누구 하나 기억해 줄 리 하나 없지만

나 어릴 적 꿈은
장군처럼 용감히 싸우다 명예롭게 죽는 거라네

내 마지막 유일한 소원 하나 있다면
고향 집 옥이만은 끝까지 살아남아

내 사랑하는 부모님
그리운 형제들 무덤에
꽃 한 송이 올리는 일이라네

옥이의 뱃속에서 자라는 옥남이가 커서
내 무덤에 이름 석 자 새긴 후
맑은 술 한 잔 올리는 거라네

여기 장군의 꿈을 안고 무명의 용사로 잠들다
그 이름은 만복이라네

나당 연합군에 맞서
계백 장군보다 용감히 싸우다 고이 잠들었다네

죽는 순간까지도
내 조국 내 부모 내 처자를 잊지 못했네

천상에서도 그 영혼은

산하를 지키는 수호신이 되었다네

월류봉

한 점 구름 흐르다 머무니 운류봉이요
한 점 달 쉬어 가니 월류봉이라

흰 구름은 월류봉에 걸쳐 있고
달빛은 초강천에 빛나네

한천 팔경 제1경을 자랑함은
맑은 바람 풍류에 젖고
밝은 달 시류를 적시니

깨끗한 물로 빚어진 아내를 위한 술
베베마루 와인 한 잔을 마시며
그리움에 눈물 짓네

초강천 달 밝은 밤 월류봉에 홀로 올라
한천정사 바라보니
그리운 임 생각에 애간장이 녹는데

한 점 구름은 임의 얼굴이요
한 점 달빛은 임을 향한 그리움이라

초강천 맑은 물은 내 그리움의 눈물이요
월류봉에 내려앉은 흰 구름과
월류정에 머물다 가는 맑은 바람만이 내 벗이네

달빛은 은은하고 바람은 소슬하니
와인 한 잔의 그리움이 초강천에 넘치네

월류봉에 걸친 달아
초강천에 흐르는 바람아
저기 임 오시나 마중 나가자

월류봉 달빛에 내 그리움 망부석 되어
비석에 이름 석 자 새긴들
살아 내 임하고 달빛을 거닒만 못하고

월류봉 밝은 달 벗 삼아 월류정에 앉아 술을 마신들
그리운 임과 함께 있음만 못하니

내 그리움이 머물다 간 월류봉이여
내 사랑이 흐르는 초강천이여

달빛은 계곡에 반짝이고
시냇물은 달빛을 품었네

어스름한 능선에
맑은 바람 월류정에 앉고

은하수 흐르는 강
별똥별이 밤하늘을 가르며
달빛은 유유히 초강천에 빛나네

강물에 비친 둥근달은 그리운 임 얼굴인가
월류봉에 걸친 흰 구름은 사랑하는 임 모습인가

맑은 바람 보이지 않듯
그대도 보이지 않고 그리움만 더하네

둥근 달을 바라보며
시 한 수 읊고 한천정사 둘러보니

우암 선생 혼인 양
초강천은 달빛을 품었는데

깎아지른 여섯 개의 봉우리에
월류봉에 놀던 달이 내려오고

능선 따라 흐르는 달그림자
초강천에 비치니
달은 더욱 밝아 그림자마저 푸르네
월류봉 흰 구름은 그대의 얼굴인 양
푸른 달빛에 빛나니
초천강 맑은 물에 그리움이 짙어라

달이 머무르는 봉우리
절벽에 걸린 달을 바라보며
그리운 임 기다리네

초저녁 초승달은 그리움의 달

행상 다녀온다던 임은
오늘 저녁에도 아니 오시네

상현달 서쪽 하늘에 있으니 삼경인데
행상 다녀온다던 임은 잠에 드셨나 소식도 없네

달은 휘영청 밝아 보름달 중천에 있으니

행상 다녀온다던 임 그리움에 이 밤도 서러운데
밝은 달은 외로움을 더욱 자아내네

한밤중 동쪽 하늘에 빛나니 하현달

행상 다녀온다던 임
그리움에 지쳐 숨이 막히네

새벽녘 잠시 떴다 지니 그믐달

행상 다녀온다던 임
잘 있다는 소식조차 없으니

달아 달아 밝은 달아
우리 낭군 우리 낭군 어디 계신지
바람결에 안부를 전해 다오

초강천에 빛나는 달은
그리움의 달

초강천에 떠가는 달은
서러움의 달

월류봉에서 바라보니
저 멀리 초강을 따라 걸어오는 이 있으니

우리 임 오시나 마중 나가네

달아 달아 밝은 달아
우리 임 오시는 길 훤히 밝히고
달아 달아 밝은 달아
우리 임 나의 낭군 잘 보호하소서

이 몸은 초강천 바라보며 망부석이 될지라도
우리 임 무사하기만 기원하네

월류봉 밝은 달 초강천에 빛나니

나의 낭군 돌아오네
나의 낭군 돌아오네

월류봉 밝은 달아 초강천을 밝혀 다오

강을 건너 낭군님 돌아오니
월류봉 밝은 달아 흐르지 말고 멈춰 서서
우리 임 무사히 오시게 밝혀 다오

나의 낭군 나의 낭군 돌아오시니
까치발로 달려가 낭군님을 품에 안네

3부

동궁과 월지

동궁과 월지

천 년 전 그날

태자가 서 있던 동궁에도
연꽃은 피었을 테다

태자의 뒷모습을 바라보던 태자비의 눈에
달그림자가 비친 월지에도
연꽃은 피었을 테다

천 년 전 그날
태양이 동궁전을 비추자
동녘 하늘을 바라보던 태자는
월지의 붉은 연꽃을 바라보았다

통일 대업을 위해 밤잠을 설친 태자의 심장이
붉게 뛰놀고
연꽃은 확증하듯 더욱 붉게 피어올랐다

달그림자가 내리는 월지에는
은은하게 빛나는 백련이
불공을 드리는 태자비에게 정중한 예를 갖추어
단아하게 피어올랐다
동궁의 새 아침이 밝아오자
파발마가 승전보를 알리고
만세 소리가 하늘을 찔렀다

하루의 해가 저물고
달 밝은 밤이 되어서야
비로소 백성들이 안식을 취했다

월지에 비친 둥근달이
동궁의 창문으로 들어오고
태자비의 뒷모습이 월지로 사라지자

태자도 황급히 태자비에게 다가가
두 손을 잡았다

천 년 전 그날

동궁의 태자와
월지의 태자비가
승전보를 듣던 그 모습처럼 연꽃이 피었다

동궁과 월지
태자가 좋아했던
동궁의 연꽃은 붉고
태자비가 사랑했던
월지의 백련은 더 고왔다

불국사

삼라를 깨우는 종소리여
대자대비의 불국정토여

불국사는
불국정토를 속세에 건설한 이상향으로
불국정토에서 유래한 호국 사찰이라네

극락전 바라보며
백운교에 오르고

대웅전 바라보며
청운교에 오르네

대웅전과 극락전을 이어 주는 자하문
다리 위는 부처의 세계요
아래는 사바의 세계라네

청운교는 이팔청춘의 젊음이요

백운교는 육십갑자의 흰머리 노인을 의미하네

다리 아래는 물이 떨어져
폭포처럼 부서지는 물보라에
일곱 빛깔 무지개가 떴다네

그 광경은 부처의 미소를 닮았고
해탈한 사람들의 눈에 그 아름다움이 보였다네

극락전 가는 길은 해탈의 길

칠보교 건너고
연화교를 건너 안양문에 이르니

세속은 저 멀리 보이고
서방 극락세계를 깨달은 사람들이 오르내리네

동쪽 청운교 웅장하고
백운교 멋스러운데
서쪽 연화교 섬세하고
칠보교 아름다워라

연화교 층계마다 연꽃을 새겨놓았는데
해탈한 사람만이 연꽃을 보았다네

불국사 가시는 보살들이여
연꽃의 의미를 깨우치셨는가
대답을 듣지 못했으면 시주 더 하고 가시게
불국사
천년의 솔향이 바람을 부른다

눈송이같이 피어난 벚꽃은
옥비녀처럼 반짝이며
바람이 지날 때마다 소금비를 뿌린다

천년 솔향에 기대여 벚꽃을 바라보니
여기 화사한 벚꽃
저기 탐스런 벚꽃은
천 년 역사를 보듬은 천 년 왕국 향기로다

포말같이 흩어지는 벚꽃은
왕궁의 정원에서 바라보던
그 장엄한 풍경을 연상케 한다

불국사 가는 길은 솔향으로 그윽하고
벚꽃 향으로 은은하다

천 년 전 이 길은 믿음의 길
불국사는 벚꽃보다 빛나는 역사의 향기다

이 길은 충정의 길로
삼국통일 대업을 완수한 영혼의 눈동자다
불국사는 천년 숨결 고결하고
역사의 향기로 눈부시다

천 년 전
호국 정기의 기상이 생기롭고

대평원을 달리며
능선을 넘고 들을 지나 강을 건너던
화랑의 말발굽 소리와
통일의 기상이 힘차게 달려온다

속세에 피어난 불국정토여

꽃동산을 이루어
사바세계를 향기롭게 하였으니

연꽃 향기 은은한
불자의 나라

불국정토에 피어난
천년고도의 꽃이여

대왕암

나는 죽어서도
용이 되어 나라를 지키겠노라
문무대왕 호국정신이 동해에 충천하도다

동해 해변에 감은사라는 절을 짓고
아버지의 뜻을 이어받으니

그 아들 신문왕은
용으로부터 세상을 구하고 평화롭게 할 수 있는
옥대와 만파식적이라는 피리를 하나 받았나니

어느 날 해관의 말에 따라 이견대에 가서 보니
바다 위에 떠오른 거북 머리 같은 섬에
대나무가 있었는데
낮에는 둘로 나뉘고 밤에는 하나로 합쳐졌다

풍우가 일어난 지 9일이 지나
왕이 그 섬에 들어가니

용이 검은 옥대를 바치며
왕에게 그 대나무로 피리를 만들어 불면
천하가 태평해질 것이라 했다
왕이 용에게
대나무의 이치를 물으니

용이 말하기를
한 손으로는 어느 소리도 낼 수 없지만
두 손이 마주치면 능히 소리가 나는지라
이 대도 역시
합한 후에야 소리가 나는 것이라 했다

왕이 이 대나무를 베어서
피리를 만들어 부니
나라의 근심 걱정이 사라졌다

만파식적은
세상의 온갖 파란을 없애고
평안하게 하는 피리로

왕실에서

국난이 진정되고
태평성대를 염원하는 제례에 사용되었으며

문무대왕 호국정신이 동해에 충천하고
대한민국의 기상으로 태양같이 빛나느니

선열의 얼을 이어받고
조상의 뜻을 받들어

한마음 한뜻으로 나라 사랑하세

주왕산

푸른 하늘
푸른 솔
주왕산은 선계의 맑은 바람이다

용추 협곡에 솟아난 바위 늠름하고
바위틈에 솟아난 솔 푸르다

천년 약속을 바위가 지켜보고
천년 사랑을 솔이 바라보니

선경에 취하여 두 발을 들여놓은 이곳이
믿음과 약속의 땅 청송이네

풍파에도 흔들림 없고
비바람에도 변하지 않은
돌기둥에 사랑을 맹세하니

하늘이 그 언약을 증명하고

땅이 그 맹세를 기억한다

이생에서 원 없이 사랑하다
저승에서도 끝없이 사랑하니
그 맹세와 언약을
하늘과 땅이 보증하네

청송의 맑은 기운 솔향기 짙고
주왕산 정기 받아 마음마저 맑으니

지상의 선계가 이곳이요
천상의 지상이 또한 이곳이네

맑은 물 계곡 따라 굽이굽이
솔바람 하늘 높이 날으니

발걸음마저 선계인 듯
주왕산에서 선인의 세상을 만나네

주산지 왕버들 나무
사랑의 징표라 여겼더니

용추 협곡 가는 길에
우뚝 선 돌기둥마저 사랑의 징표다

세속에 지친 몸 절경에 감탄했으니
주왕산을 품은 대전사에서 내세를 기원하며
이승의 삶을 소망하네
하늘이시여
인간의 땅에 축복을 주시고

선인이시여
인간의 삶에 은총을 주소서

이 세상에서 생을 다하고
천상으로 영혼이 나아갈 때
대전사 불심으로 왕생극락을 발원하나이다

문경새재

한 마리 새가 날아가다
구름 위에 앉아 쉬는 곳

바람이 머물다 간 자리
흰 구름 멈춰 서서 노닐고
새도 지쳐 쉬어 가는 조령

선계의 맑은 선비의 땅 문경새재라
계곡물 맑고 인정이 넘치니
사과꽃 향기로운 땅이요

청명한 하늘 아래
맑게 살아가는 사람들이 신선을 닮았다

솔향기 향긋한 주흘산에 들어서니
푸르른 유월처럼 비상하는 새 기품 있어라

그 옛날 선비는 청운을 품고

조령 관문을 지나갔으리

청풍명월 조령에서 쉬어 가며
한양을 향했으리라
머리엔 이상이 발밑엔 열정이
가슴엔 선비의 정신이 도도하도다

십년공부 오직 한길 청운을 펼치리라
어사와 쓰고 백마 타고 풍악을 울리리라

그 멀고 험한 길
천 리 길도 마다 않음은
오직 한길 장원급제라네

시제를 받으니
조령이라

새도 지쳐 쉬어 가는 조령을
한걸음에 바람처럼 한양으로 향했듯이
일필휘지로 답안 작성하여 제출하니

장원급제라
어사와 하사받고 고향으로 향하네

조령에 당도하니
고향 냄새 향긋하고 영남이 지척이네

백마도 흥이 나고 마당쇠도 덩실 걸음이니
어서 가자 백마야

고향에 당도하니
풍악 소리에 일가친척이 잔치를 벌이네

그 청운이 피어나는
십년공부 나무아미타불 아픔도 함께한
조령이어라

올해 장원급제한 선비는
청운을 펼쳐 만백성을 이롭게 하고

십년공부 나무아미타불 된 선비는
내년에 조령을 다시 넘으리니

한 마리 새여

힘차게 날아라

훨훨 날아 내 고향에 기쁜 소식을 알려 다오

어사와 쓰고

백마 타고 고향으로 달리네

백운동서원

언덕에 올라 밝은 빛을 바라본다

동트는 새벽 길지를 터 잡아
호미로 풀을 뽑고 삽으로 땅을 파서
곡식을 심고 가꾸며
자식 키우듯 돌보아 가을에 추수했다

누구도 가 보지 않은 길
아무도 해 보지 않은 일에
양식을 만들고 미래를 준비했다

백운동서원은

산
언덕
강물
하얀 구름이
골짜기에 가득하여 상서로운 땅이니

주자가 세운

여산 백록동 서원과 견주어

백운동서원이라 했다

풍기 군수 이황 선생께서

이미 무너진 유학을

다시 이어 닦게 했다는 뜻을 담아

소수서원 현판을 받으니

조선 최초의 사액서원이 되었다

성리학의 정통성과

선현의 봉사와 교화 사업을 국가가 인정한 의미니

그 크고도 높은 공덕

산

언덕

강물

하얀 구름이 천혜의 비경을 이루어

죽계구곡으로 흐르듯

백운동서원의 학자는

인물 됨됨이가 산 같고

행실은 믿음의 언덕 같으며
천지에 인물 넘쳐 남이 강물 같고
성품은 하얀 구름같이 청렴하니

제향은
하늘의 뜻을 받들어
성현의 덕을 밝히고

강학은
인의예지로 국민을 이롭게 하는
왕도정치를 이상으로 삼아
한민족 역사의 축을 이루었다

선비의 땅 영주에 별같이 빛나는 구인 있나니
동방 도학의 비조로 주자학을 최초 보급한
회헌 안향 선생

소수서원의 시초인 백운동서원 창건자
신재 주세봉 선생

최초의 사액서원을 받은

퇴계 이황 선생
죽계 세력 기반으로 중앙 진출을 한 신흥유학자
근재 안축과 그의 동생 안보

조선 최초의 사액서원을 내려 준
명종

순흥부사 이보흠과 단종
해동의 추로라 일컬어진 추로지향의
맹자와 공자

맑은 물과 울창한 숲
대나무가 많은 죽계구곡이여

이곳은
제향과 강학
도학을 이상으로 삼던
사대부 사림세력 정신세계요

지방 유림 세력의 구심점으로
정신적 지주 역할과

호연지기를 기르는 민족교육의 산실로
인재 배출의 요람이었다

아
천고에 빛나는 존엄과
그 지고지순한 진리

만고에 빛이 되는 백운동서원이여

통도사

온갖 번뇌와 망상이 적멸한 보배로운 궁전을
적멸보궁이라 하느니

금강계단에
석가모니의 진신사리를 안치하였으므로
대웅전에 불상을 모시지 않는다네

통도사는
석가모니의 진신사리가 안치된
적멸보궁의 불보사찰이네

모든 진리를 회통하여
일체중생을 제도한다는 뜻에서 통도라 했네

자장율사가
당나라 우타이산에서 기도하고 있을 때
문수보살이 나타나 이르기를

가사 한 벌과
진신사리 1백과

불두골
손가락뼈
염주
경전을 주면서

이것들은 내 석가여래께서
친히 입으셨던 가사이고 진신사리이며
석가모니의 머리와 손가락뼈이다

신라의 남쪽 영축산 기슭에
독룡이 거처하는 신지가 있는데

그 용들이 독해를 품어 비바람을 일으켜
곡식을 상하게 하고 백성들을 괴롭히고 있으니

용이 사는 연못에 금강계단을 설치하고
이 불사리와 가사를 봉안하면

물
바람
불의 재앙을 면하게 되어

만대에 이르도록 멸하지 않고
불법이 오랫동안 머물러
천룡이 그곳을 옹호하게 되리라 했다
불보사찰 통도사
대가람 경내 영각 오른쪽 처마 밑
자장매를 바라보네

그대 손잡고 바람같이 걷던 날
홍매화 한 그루 서 있었지

그 연분홍 꽃잎은
붉은 입술인 양 예뻤어

꽃잎은 바람에 흔들리고
가슴은 그대에게 흔들리고

우리의 굳은 언약

이별이 온다 해도 그대 손 놓지 않고
죽어서도 그대 손 놓지 않겠노라고
홍매화 앞에서 약속했지

하늘이 허락한
그 언약 그 맹세의 자리에
홍매화 곱게 피었네

그대에게 가벼운 입맞춤
새끼손가락 걸고 맹세하던 그날
죽음이 우리를 갈라놓을지라도
서로의 손을 놓지 않으리라

세월이 가고 정신이 혼미해질지라도
죽는 순간에도
죽은 다음에도
그대 손잡고 천상을 향하리니

홍매화 향기처럼
우린 사랑의 언약을 했네

이승에서 끝없이 사랑하고
본향으로 돌아갈 때
그대 손 꼭 잡고 천상을 함께 가리라고

그 언약의 노래여

꽃봉오리 톡톡
가슴은 살랑살랑
구름 가듯 마음은 이미 그대의 것

홍매화 피어나듯
내 임은 눈을 감아도 보이고
온몸으로 느끼며 영혼 깊이 사랑하죠
꽃봉오리 톡톡
남풍은 살랑살랑
봄비에 새싹 돋듯 마음은 온통 그대의 것

아름다운 내 임은
홍매처럼 곱고
꽃봉오리 같은 그 볼에 가벼운 입맞춤

사랑은 달콤하고
내 임은 홍매화보다 예쁘죠

천상의 화원

연분홍 꽃 빛 물결이
파도치듯
바람에 흔들리고 있었네

능선마다
오매 저 붉은 철쭉
저 철쭉 좀 봐

산등성이를 뒤덮은 꽃은
언덕 오르는 길에도
언덕 내리막길에도
눈에 보이는 것은 온통 천상의 화원이네

우리가 이생을 다한 후 천상으로 올라갈 때
천상의 화원이 있다면 황매산 철쭉 같아라

지상에서 못다 한 인연
다음 세상에서도

황매산 철쭉이 이정표가 되리니

지천으로 피어나 온산을 불태우며
붉게 타올랐던 꽃을 기억했다가
그대 영혼 사뿐히 내려앉으면
다정히 손잡고 천상의 계단을 오르리니

사랑하는 그대와
천상의 화원에서 영원한 정을 나누리라

천상의 화원은
붉은 융단을 깔아 놓은 듯
온통 철쭉으로 뒤덮였다네

하얀 안개는 수채화를 뿌리듯
산등성이로 내려오고

산 정상에는 영롱한 햇살이
오색구름 사이로 빛나고 있었네

그대 손잡고

천상의 계단을 오르네

마음은 바람같이 흔들리고
사랑은 가슴속 깊이 빠져들었네

천상의 계단에서 사랑을 고백하고
그 맹세를 해와 달이 보증하고 바람이 증명하네
깊고 깊은 사랑은 진실하고 영원하리니

인생길이 멀고 험해도
그 어떠한 역경에도 그대 손 놓지 않고
사랑의 힘으로 끝까지 함께 하리니

천상의 화원에 붉은 철쭉 만발하고
하얀 안개 자욱한데
철쭉같이 웃는 그대 참 예뻐라

오늘이 지나고 긴 세월이 흐른 뒤에도
우리의 영혼은 천상의 계단을 다시 오르고

깊고 깊은 사랑의 맹세는

햇살같이 빛나고 별처럼 반짝일지니

천상의 화원에서
우리의 사랑은 철쭉같이 웃는다네

깊고 깊은 우리의 사랑
아름다운 내 임과
천상의 계단을 손잡고 오르네

황매산 철쭉은 오월의 꽃으로
산허리까지 온통 천상의 화원으로 피었나니

우리의 인생도 저 철쭉같이
웃음꽃 활짝 피어 보세

저 꽃은 모진 바람
세파의 아픔을 무수히 견뎌내고

해마다 화사한 꽃을 피워
지상의 사랑을 한 몸에 받으니

우리도 저 철쭉같이 백년해로해 보세

저 꽃은 백 년 후에도 꽃피울 테고
우리의 사랑도 철쭉같이
인생 꽃 활짝 피웠나니

이생에서 알콩달콩 원 없이 살다가
천상이 그리워질 때
저 꽃잎 바람에 지듯
우리의 영혼도 천상에 오르리니

사랑하는 임 다정히 손잡고
본향으로 돌아갈 때
저 붉은 철쭉 능선을 지나
천상에 오르리라

해인사

옛날 용왕에게
능소라는 딸이 하나 있었는데

그 아이는 말괄량이 기질이 있어
장난치는 것을 좋아하며 호기심이 많았다네

어느 날
능소는 용왕의 말을 어기고
땅에 올라와 놀다 밤늦게 되돌아간 일이 있었네

그 일로 화가 난 용왕은
능소를 강아지로 변하게 해서 땅으로 귀향 보냈네

속죄를 하며 떠돌아다니던 강아지는
어느 착한 노인이 데리고 가서
정성껏 돌보며 보호해 주었다네

속죄를 다 마친 강아지는 용궁으로 돌아갔고

노인에게 보답해 줄 방법을 일러 달라 하자

용왕이 도장 하나를 주며
그 도장을 노인에게 주라 했네
그 도장은 글씨를 쓰고 도장을 찍으면
적은 글 내용이 이루어지는 도장이었네

노인은 자신의 사리사욕을 멀리하고
그 도장을 절을 세우는 일에만 사용하여
비용을 마련했네

그런 이유로
바다 해
도장 인을 써서 해인사가 되었다네

한국에 현존하는 가장 오래된 도서관인
장경판전은 조선 전기의 서고로
고려 팔만대장경을 보관하고 있네
서고와 대장경은 유네스코 세계기록유산이네

멈춰 서니 보이고

비우니 가벼운 것을
한여름 산사는 내려놓으라 했다

솔향에 바람이 걷고
이끼에 세월이 간다

향긋한 풀내음
흐르는 시냇물에도
덕성을 품은 산사는

온갖 번뇌를 씻고
맑은 영혼으로 다시 태어나라 했다

멈춰 서니 보이고
내려놓으니 더욱 선명하게 보이는 것을

산사는 말한다

바람 한 점
구름 한 조각

맑은 공기를 가졌으니
풍족하고 여유롭다고

정갈한 영혼을 씻고
육체의 묵은 때를 벗는다

가벼운 영혼에
시냇물 같은 육체여

해인사에서 소망하노리
성불하소서

독도

울진 정동 쪽 바다 가운데
두 섬 있나니

두 개의 큰 섬인
동도와 서도를 중심으로
91개의 크고 작은 섬과 암초로 이루어져 있네

무인도가 아닌 사람이 사는 섬이지

돌로 된 섬이라 돌섬
경상도 방언 명칭인 독섬을
한자의 음과 훈을 빌려 쓰면서 독도가 되었네

동도의 최고봉은 우산봉
서도의 최고봉은 대한봉이네

동도에는
한반도바위

숫돌바위
얼굴바위
독립문바위
천장굴
물오리바위
촛발바위
악어바위가 있고

서도에는
탕건봉
삼형제굴바위
성장군바위
코끼리바위
김바위가 있지

동도는 서도를 바라보며 해를 맞고
서도는 동도를 바라보며 해를 맞지

두 섬은
서로 의지하며
안부를 묻고 위안받으며 산다네

눈서리
폭풍우
비바람에도 홀로 서 있다

혼을 그리는 염원
뜨겁게 솟아오른 일심
동트는 아침
해지는 저녁

검푸른 바다
넘실대는 파도도
오직 한길 조국과 함께했노라고

자자손손 이어 갈 내 나라의 영토는
목숨이 다하는 날까지 헌신하라고

국토의 두 섬 독도는
외롭거나 고독하지 않은 열정의 불꽃이 되어
온 국민의 가슴에서 활화산이 되리라고

대한국인이여 각인할지라

독도를 잃는 날 우리의 삶도 사라짐을
영원토록 보존하라고 독도는 말하네

외롭거나 고독하지 않은 독도는
도전과 응전을 받으며 희망으로 빛나네

4부

소
쇄
원

소쇄원

다듬지 않은 있는 그대로의 자연의 이름
소쇄원이라

맑고 깨끗하다는 의미같이
심성이 곱고 정신이 맑으니

세상에 미련을 두지 않고 은둔하며
자연을 벗한 선비의 정신이 깃든 곳이다

풍경이 뛰어나고 아담하니
문인과 선비의 거처가 되었다

양산보는 임종 직전에
어느 언덕이나 골짜기를 막론하고
나의 발길이 미치지 않는 곳이 없으니

이 동산을 남에게 팔거나 양도하지 말고
어리석은 후손에게 물려주지 말 것이며

후손 어느 한 사람의 소유가 되지 않도록 해라
라는 유언을 남겼다 하며

후손들은 그의 유언을 철저하게 따라서
소쇄원을 지켜 왔다 한다

소슬한 대숲을 지나 선경으로 들어가네

연못에 물고기 뛰놀고 계곡으로 내가 흐르니
향기로운 햇살과
맑은 바람이 정자에서 쉬어 가네

작은 문을 지나 오곡문에 이르니
무이구곡가에서 가장 중심이 되는 곳이라네

자연 그대로가 서로 주고받으니
초목이 사람이요
사람이 자연에 어우러졌구나

외나무다리 담장 화단에 매화 향기 그윽하고
광풍각 밝은 바람 제월달 맑은 달이라

옛 문인께서
가슴속에 품은 뜻이 밝은 날의 청량한 바람이요
비 갠 날의 상쾌한 달빛이라 하였다

새벽에 안개 내리고 밤이슬 달빛에 빛나니
물안개를 밀면서 조각배 흐르고
밤이슬 마시며 달빛이 잠기네

뒤편 언덕에 복숭아꽃 은은하고
살구꽃 진달래에 복사꽃 고우니

무릉도원이 이곳이요
지상낙원에 선계를 보는 듯하다

소쇄원 뒤는 대나무 숲이 뒤덮고
봄은 복사꽃 피어 아늑하고
여름 대숲 향기 은은하고

가을 오색단풍이 지천이며
겨울 맑은 눈에 맑은 마음을 닦았나니

선비의 마음과
깨끗한 정신이 시 한 수에 녹여드네

선경의 은둔자
풍류와 낭만은 자연에 배이고
대는 사시사철 푸르니 선비의 정신이요

돌담은 풍파에도 변함없느니
충신의 마음이네

흐르는 물에 마음 담아 보내니
도화 꽃잎 떨어져 흐르고
만발한 꽃에 새 지저귀고

흐르는 물에
푸르고 푸른 이끼 꽃 피었네

골짜기 자연처럼
은자들은 세속 부귀영화에 관심은 없어도
선비의 충절은 변함이 없고
국태민안을 위한 마음은 대숲 같도다

선비의 고고한 품성과 절의는
한 쌍의 학을 보는 듯하고
아름다운 정원은 한 쌍의 원앙이 노니는 듯하다

맑은 계곡과
비 갠 하늘의 상쾌한 달

비 온 뒤에 해가 뜨며
부는 청량한 바람이라 했으니

시인과 화가의 무대요
선비 정신의 동산이었다

내장사

당신과 보았던 단풍
산사 뒤편에 숨어 남몰래 물들어 가고

사람들 눈을 피해 반영에 떨어지는 단풍은
새벽안개 뚫고
도솔천 물길 따라 폭포수에 떠내려가다
바위틈에 앉았다
곱디고운 사연을 먹고 슬픔을 잊었다

햇살은 물감을 뿌리듯 쏟아지고
산사의 바람은 파도치듯 밀려온다

산방 창가에 앉아
찻잔에 비친 선홍빛 단풍을 바라보니
인생의 맑음이 청아한 바람에 실려온다

갈바람에 낙엽 떨어지고
애기 단풍은 오솔길에 뒹굴고

산사의 종소리에
단풍이 구름 날 듯 끝없이 떨어진다

인생이란 한 움큼 그리워하다
한 줌의 사랑을 먹고

철 따라 단풍 들 듯
계절 따라 익어 가며
여무는 그리움이 아픔으로 성숙하는 수레바퀴다

백양사

맑은 물 녹음에 짙고
청정한 바람 일주문을 지난다

산사의 아름드리나무는
초록빛 호흡에 맑고 청량하다

누각은 연못 위에 떠 있고
연못은 누각을 받치고 있다

산사 앞뜰에는 수백 년 된 고불매가
천년의 풍경과 부처님의 가르침을
수문장처럼 지키고 서 있다

병풍바위 위 흰 구름은
투명한 하늘에서 신선이 타고 내려올 듯한데

처마 위에 내리는 연둣빛
풍경을 울리는 바람

탑돌이 하는 보살마저 그림 같다

모진 세월 지켜온 노송은 고풍스럽고
담쟁이넝쿨에 돋아난 백양화가 청초하다
백학봉에 안긴 산사가 학의 날개처럼 날 듯하고
사찰의 가람이 어머니의 품처럼 아늑하다

연못에 비친 쌍계루는
손잡고 걸어가는 연인 같다

환양 선사가 설법할 때
천상에서 죄를 짓고 양으로 변한 자가
설법을 듣고 다시 환생하여
천국으로 가게 되었다 하여 백양이라 부른다

깨끗하고 상서로운 백양사
마음이 하나로 모이면
마치 수목이 우거진 숲과 같다 하여 총림이라 한다

해인사
통도사

송광사

수덕사

백양사를 5대 총림이라 하니

고불총림 백양사에서 공덕을 받누나

꽃무릇

선운사
푸른 솔밭 아래 달빛은 빛났고

그 달빛을 받은 초록색 줄기 위에
붉은 꽃무릇 피었다

그 꽃은
잎과 꽃이 살아생전 서로 볼 수 없는 운명
그 만남은 죽어서야 만날 수 있는 인연

그 애련의 꽃

그 꽃 한 송이를 피우기 위해
겨울에 새싹을 틔우고

초여름 말라붙은 잎은 땅에 떨어져
뿌리로 들어가 꽃으로 환생한다

선운사 푸른 솔밭 아래
달빛은 빛났고

그 달빛을 머금은 꽃은
땅 위에 우뚝 솟아올라
푸른 줄기 끝에 붉은 꽃 한 송이를 피웠다

서로 희생하고 사랑하며
슬픔은 과하지 않게
우아함을 잃지 말라며

사랑을 땅에 묻은
한스러움 한 송이가 피어

여름 끝자락 달빛 아래
그리움을 태우고 있었다

흑매

매화꽃 붉은 남도의 봄은
화엄사 흑매 피듯 피어난다

꽃이 붉다 못해
검은빛을 띤다 하여 흑매라지

각황전에서
그리운 이 기다리다 빠져들고
원통전에서
사랑하는 이 그리워하다 매료되니

고혹적인 자태로 숨죽이고
그리운 이를 기다리고 있다

세상 시름 하나 잊고
근심 하나 내려놓고

진한 향기에 반하고

요염한 모습에 홀리고
매혹적인 자태에 빠져드니

귀한 만남이 시작되고
인연이 머무르는 곳

천년 도량 화엄사 흑매 앞을
떠나지 못하고 맴도는 연분들

흑매 한 그루가 산사 가득 향기를 채우고
중생의 마음에 파고들어
떠나갈 인연마저 붙잡아 매니

넋을 빼앗기고
흑매 향기에 취했으니

그리운이여
고운 달빛 아래 향기처럼 오소서

화엄사 경내에 홀로 서 있는
흑매 한 그루

단아한 꽃을 피워내 봄을 알림은
삼백예순날 설음이 터진 울음일 게다

남풍에 상춘객 남도에 있거늘
흑매 홀로 붉은 까닭도
득도의 길에 스님 두문불출 정진하니
나를 보아 달라고 호소하는 몸부림일 게다

새벽에 동트거든
동자승 싸리비 들고 경내 청소하거늘

밤새 그리움 안고 인적을 기다렸건만
동자승마저 청소 끝내고 해탈 입문에 몰두하니

흑매 정 그리워 붉게 피어나고
벌 나비와 벗하는 반김일 게다

저 흑매 한 그루
매년 봄이면 경내 화사하게 밝히고
삼백 년 염불 소리에 득도하여 지순하거늘

매년 봄 상춘객 벌 떼같이 왔다가도
달빛 잠들어 홀로 있어도

별 헤는 밤을 벗하여 사계를 맞고
천기를 헤아려 해탈하거늘

삼백 년 살아 상춘객을 맞이하고 보낸 날이
밤하늘의 별처럼 무수하고

동자승이 노승 됨을 수 세기 지켜보며
중생의 위안과 치유의 시공에 선경의 자태로다

홍매화 꽃 색깔이 붉다 못해 검붉다 하여
흑 매화라 하니

각황전 바라보며 피어난 각 황매요
석등과 어우러져 피어난 역사의 향기 장륙화다

해마다 3월이 오면 어김없이 피고 지기를
300번 이상을 했으니
그 감동과 경외감에 묵례를 올린다

선홍빛 매화가
맑은 바람에 붉다 못해 검붉은 빛으로 찬란했다

달이 걷히고 닭 훼치자
스님께서 달그림자를 지우기 시작했고
흑매는 몸단장 곱게 하고 예를 갖추어 스님을 맞았다

젊은 날 뒤안길에서 고행을 시작할 때부터
마당 쓸기는 흑매와 대화를 나누는 일상이 되었다

고도를 향한 쉼 없는 수행은
세속을 벗어난 득도의 길이 멀고도 험하니

쉬지 말고 정진하라는 부처님 말씀을 따르며
흑매를 지극정성으로 돌본다

동자승일 때 선홍빛의 매화가
어느 시점에 이르러 해탈의 경지에 들어서면
흑매의 검붉은 빛을 보게 된다

일상의 반복됨은 달그림자의 번뇌요

아침 햇살은 고뇌를 멸한 득도의 빛이며

붉다 못해 검붉은 흑매에 이르러
해탈의 문에 들어서니

그 순환을 깨우치고 흑매 삶과 동화된 후에
해탈의 길에 들어선 노승이라야
진정한 흑매의 검붉은 빛을 보게 된다

노승은 백 년 걸려 득도하고
흑매는 삼백 년 넘어 해탈했다

남도의 봄은 섬진강을 타고 온다

눈 속에서도 꽃이 피니 설중매라 하고
얼음 속에서도 꽃을 피우니 설중화라 한다

선홍색 붉음이 붉다 못해
검붉은 색을 띠어 흑매라 하고

각황전과 일심인 화엄사 흑매가 피어야

진정한 봄이 왔다고 말할 수 있다

꽃망울을 시샘하는 찬바람이 없다면
매화향 그윽함도 없으리니

찬 서리에 단련되고 찬바람에 강인해져
탐스러운 꽃이 피니
흑매의 향기가 더 고움이라

이슬에 자라고 달빛을 품어
별빛에 향을 토하니
은은한 바람에도 향기롭다

산까치 긴 꼬리 쳐들고 노래하고
설잠에서 깨어난 벌 나비 너울너울 춤추고

겨우내 움츠렸던 산짐승
계곡 바위틈에 숨어 지내던 물고기도
화엄매를 보기 위해 펄쩍 뛰어오르는데

동자승은 마당을 언제 쓸런고

목탁 소리에 예불 올리듯
경내는 보살들로 인산인해고

서산에 지는 해는 멈칫하고
달님은 고개 들어 화엄매로 달려오네

춘설에 피어 바람에 실려 오는 매향은
정신을 더 존엄하게 하고

봄이 왔음은 흑매의 고결한 자태에서
그 붉은 꽃 붉다 못해 검붉은 빛으로 황홀한
화엄사 흑매라야 진정한 봄을 맞게 된다

연분홍빛 꽃을 피우는 홍매는
꽃 색깔이 아름답고 은은한 향기로
산사의 정취를 돋우니

백양사 고불매라 하고

꽃의 색이 유난히 붉고 향이 짙기로 이름났으니
선암사 선암매요

신사임당과 율곡이 직접 가꾸었다고 전해지며
신사임당은 고매도 묵매도 등
여러 매화 그림을 그려 매화를 사랑했으니

오죽헌 율곡매라 하여
대한의 매화 사대천황을 이른다

지조 있는 사람이 매화를 사랑함은
강직한 성품의 상징으로 찬바람을 이겨낸
매향이 향기롭듯 인품의 중후함을 말한다

매화꽃은 선녀의 얼굴 같고
흰매는 눈꽃의 바다요
홍매는 놀빛의 구름이라

매향은 선인의 미소같이 다정하고
매화의 기품은 용오름의 눈동자니

기상은 호랑이가 포효하는 듯하여
매화꽃 한 송이에 선비는 절개를 담고
연인은 천상의 사랑을 담고

화엄사 흑매는 해탈을 담았다

죽녹원

댓잎 푸르거늘
하늘 향해 곧게 자라나
맑은 바람에 정갈히 서 있다

그 기개는
선비 정신같이 의연하고 순교자처럼 올바르며
밝음은 하늘과 통한다

소낙비에 장대처럼 자라나
별이 뜨고 지는 사이 성장한다

자람이 빠르고 가벼워 쓰임이 다양하고
새순일 때 미식가의 입맛이 되었다가
성숙한 후 대통 밥을 담는다

나물무침에 쓰이고 앞마당 울타리가 되었다가
그림 속 풍경이 되었다가
죽염을 담고 박제되어 벽화가 된다

바람이 잠들고 별이 총총한 밤엔
길을 걷는 연인이 되었다가
아침 이슬에 정갈한 얼굴로
바른길을 인도하는 삶의 이정표로 삼는다

깊은 밤
은하수 강을 건너는 별들의 이야기를 들으며
별똥별이 지는 하늘에
먼 동경과 그리움을 수놓는다

댓잎 청청한 소리를 들으며
댓잎 푸름같이 걸어라

댓잎 사그락거리는 소리
땅을 밟는 바람 소리

비우니 보이고 놓으니 가볍다

청정한 바람 순수한 영혼을 깨우는 소리
하늘엔 흰 구름
댓잎이 숨 쉬는 소리

허공을 찌르며 우뚝 솟은 대나무를 보았는가
무엇이라 하던가?

마디마다 푸름이요
가지마다 젊음이라
대숲이 말하거든
여보게 크게 한번 웃어 보라고

숲을 걸으면 다가오지 않는가
아픔으로 많은 마디가 되고
시련을 견뎌낸 후 청정한 대나무가 되는 것을

숲에 앉아 있으면 보이지 않는가
상처와 흔적이 부르는 영혼의 소리

다시 시작해 보라고
지난날은 다 잊어버리라고
숲이 전하는 말 이제부터 시작이라고

청정 푸름 맑음 대숲을 찬찬히 걸어 보라
그럼 보이리라

인생은 그렇게 다시 시작하는 것이라고
대숲이 말하지 않는가

홀홀 털어버리고 다시 일어나 시작하라고
너는 능히 할 수 있고 꼭 성공하리라고
승리의 여신이 손짓하며 웃고 있지 않는가

피아골

별 내리는 들
햇살 깃드는 골짜기마다 생명의 긴 호흡

멈춰 선 포성과 녹슨 총칼 앞에
돌아오지 못한 영혼의 울림

산자의 긴 한숨이 산하를 울린다

사랑하는 아들은 바람이 되고
자애로운 어머니는 구름이 되었다

6월 산하에 초록비가 내린다

사랑하는 아들을 땅에 묻고
살아 숨 쉬는 날이 안쓰러워
묘비명을 어루만지며 오열한다

지켜 주지 못해 미안하고

끝내 보듬어 주지 못해 더욱 죄스러운

사랑하는 아들이 잠든 산하에
기념일을 추념하듯 초록비가 내린다
잊지 못하네
장밋빛 붉은 깃발을
그날의 함성 눈꽃 되어 메아리치네

잊지 못하네
장밋빛 붉은 상혼을
그날의 포성 붉은 피로 넘쳐 나
육체의 죽음이 갈기갈기 찢겨져 갔네

잊지 못하네
그날의 선혈을
전우들의 붉은 피 강물 되어 흐르네

잊지 못하네
그날의 얼굴들
부모 형제 사랑하는 사람들
마지막 잔상을 기억하며 죽어갔다네

잊지 못하네
정든 내 고향 그리운 얼굴들
그날의 비극 죽어서도 잊지 못하고
영혼은 구름 되어 떠도네

6월 산하에 초록비가 내린다
산자의 슬픔과
죽은 자의 비통함이 산하를 맴도네

그 숲에 가고 싶다 유월이 오면

천상의 숲
천 년 전에도 그랬던 것처럼
물 흐르고 새 지저귀고 바람이 분다

그 숲에 가고 싶다 유월이 오면

그날의 발자취
포성이 멈춘 뒤 어언 한 세기
가슴에 묻고 산 세월만큼 명징한 기억

오솔길을 걸으며 총알이 빗발치던 포효
포성의 상흔

그곳에 가면 전우의 마지막 눈동자가
단말마의 몸짓처럼 기다려질까?

바람이 전하는 말
기억 저편의 손짓 영혼의 메아리

초록 달은 지고 초록 별도 가고
그 숲에 가고 싶다 유월이 오면

새는 날아 훨훨 하늘 높이
계속 창공으로 날아가고

반세기면 끝날 줄 알았던 유월은
어느새 한 세기를 향해 가고 있다

그날 새벽같이
물 흐르고 새 지저귀고 바람이 간다

고요와 평화에
총성 울리고 아비규환이 새벽을 깨운다

그날의 아우성과 몸부림
포성이 멈춘 뒤 한 세기의 세월
가슴에 묻고 산 시간만큼 명징한 기억

그날의 발자취마다 상흔의 얼굴들
쓰러져 가는 전우들의
외마디 외침과 허공의 불꽃들

총알이 빗발치던 포성과
영원히 아물지 않을 상흔들

그곳에 가면 전우의 마지막 눈동자가
단말마의 몸짓 되어 기다리고 있을까?

유월이면 그날의 악몽이 되살아난다
잊으려고 몸부림칠수록 더욱 또렷한
기억 저편의 몸부림

산하를 뒤덮은 영혼의 울부짖음
천상에서도 메아리친다

잔인한 달 6월이여

산자를 위하여
천상의 영혼이여 기도해 주오
죽은 자여 산자를 위로해 주오

촉석루

촉석루 오르는 날
산천에 비 내리고 마음의 비 내렸네

병천천 냇가에 큰 뱀이 출몰하여
마을 사람과 가축을 해치는 일이 잦았는데

9살 된 소년이
뱀은 뽕나무 활에 쑥대 화살로 쏘아
잡는다는 고사를 읽고 동네 아이들과
손수 만든 활을 쏘아 없애버렸다는 일화가 전하니

임진왜란 3대첩 중 하나인
진주대첩 명장 진주 목사 김시민 장군 일화라네

장군은 진주 목사로 부임하여
성채를 보수하고 군사훈련과 군사 체계를 개혁하며
염초 4백여 근을 만들고
총통 70여 병을 만들어 전쟁에 대비하고

성안에 사람이 많은 것처럼 보이기 위해
성의 높은 곳에 깃발을 꽂고
노약자와 부녀자를 군사로 변장시켰다네
왜군 2만 여명이 진주로 진격하니

1부대는 마재를 넘어오고
2부대는 불천을 넘어 들어오고
3부대는 진양을 넘어 들어왔네

왜군이 성을 둘러싸고 공격을 감행하자
김시민 장군은
성 주민 3800여 명의 군대로 대항하며
성을 철통같이 지키고
7일간의 격전 끝에 왜군을 퇴각시켰네

조선의 위대한 승리

왜군이 쳐들어오니 백성들은 피난 가고
왜군과 맞서 싸울 사람이 없다네

내 고향은 충청도

목천현 갈전면 백전촌이네

조선 중기 무인으로
본관은 안동이며 김방경의 12대손이네

무과에 급제하여 군기시에 입사한 후
여진족 토벌에 공을 세워 진주판관이 되고
부임한 지 1년 후 임진왜란이 일어나고

진주목사가 병사하여
그 자리를 이어 목사가 되었네

진주성으로 돌아와 성민을 안심시키고
피난하였던 성민을 귀향하게 하고
성채 보수와 군사훈련을 집중하며
전쟁에 대비하였네

왜군 2만여 명이 진주성을 공격하자
진주성민 3800여 명은 7일간 목숨 걸고 싸웠네

끝내 우리는 승리하여 진주성을 지켜냈으나

전투 마지막 날 전장을 둘러보던 중
시체 속에 숨어 있던 한 왜군의 총에
왼쪽 이마를 맞고 쓰러졌고 조용히 눈을 감았네

전쟁 중이라 죽음을 왜군에게 알리지 않았고
전쟁이 끝난 후 장사 지냈네

진주대첩 승리로 왜군의 침입 경로를 봉쇄하고
왜군을 크게 무찌르고 패퇴시켰네
왜군은 보급에 직격타를 맞아 큰 손실을 입었고
장군의 활약 덕분에 이순신 장군은 해전에 집중하니
왜적의 침입으로부터 나라를 지킨 구국의 영웅

사후 그 충정과 공로를 기려
이순신 장군과 함께
충무공이란 시호가 내려졌네

그때 나이 향년 38세였네
사후에 선무공신 2등에 봉해졌으며
사액을 받고 영의정에 추종되었고
상락부원군에 추봉되고

충무공이라는 시호를 하사받았네

위패는 진주 충렬사에 배향했으나
고종 때 전국서원 철폐로
숙부인 김제갑의 사당인 충렬사에 합사했다가
충민사로 고쳐 세웠다네

묘지는 처음 충북 괴산군의 선산에 있었다가
충주시 살미면 무릉리로 이장되었네

충주댐 건설로 괴산군 괴산읍 능촌리로 이장하고
사당인 충민사를 세웠네
진주시에는
김시민 시호를 따 경남진주혁신도시 지역의
동 이름을 충무공동이라 명명하였으며

충무공동과 상평동 사이를 흐르는 남강에
사장교를 지어 김시민대교라고 했네

시호는 충무공
대전투에서 승리하고 명장이라는 점과

승리를 목전에 두고 적의 탄환에 의해 전사한 점은
이순신 장군과 공통점이라네

충남 천안시 의회에서는
향후 해군 구축함 명칭에
충무공 김시민이라는 명칭을 쓰자고 제안하고 있네

남강 벼랑 위에 진주성 주장대 있나니
촉석루에 뛰어난 충신과 의열 생각하며
충절을 기리노라

임진왜란으로 진주성이 함락되고
왜군들이 촉석루에서 연회를 벌이니

몸단장 곱게 하고
촉석루 아래 가파른 바위 위에 서서
왜군을 바라보니

왜적들이 감히 접근하는 자가 없었는데
왜장 하나가 앞으로 나왔네

주 논개는 미소를 띠고 이를 맞이하여
왜장을 끌어안고 강물에 함께 뛰어내려 별세하셨네

주 논개가 순국한 지 32년 뒤
주 논개가 떨어진 바위에 의암이라는 글씨를 써서
바위에 새겼다네

왜군한테 패배하니 달은 지고
의지할 곳 없는 백성은 꽃이 지네

산천은 짓밟히고 붉은 피 남강에 흐르는데
왜적은 승리의 연회를 베푸네

이 몸은 비록 아낙네로 살았지만
왜장을 끌어안고 남강에 투신하여
나라의 의분을 삭이며 결초보은하려 하네

곱게 몸단장하고
촉석루 바위 끝에 서서 왜군을 바라보니

감히 나서는 자가 없고

나에게 다가오기를 두려워하네

엷은 웃음 짓고 왜군을 바라보니
왜장 하나가 용기를 내서 다가오네

옥 반지 열 개 낀 양손으로 왜장을 안고
허리띠로 두 몸을 동여매곤
깊은 남강 아래로 떨어지네

술에 취한 왜장이 벗어나려고 하나
옥반지 낀 두 손으로 꼭 부둥켜안고
끈으로 동여맨 몸 깊이 바다에 가라앉네

아련히 꿈꾸는 듯하고
정신이 혼미하여 실신하였는데

하늘에서도 기뻐하고
땅에서도 만세를 부르니

천추의 한 남강에 흐르고
촉석루에서 떨어질 때

흐르던 눈물 남강 따라 흐르네

살아생전 후대를 받아 본 적 없으나
왜장을 끌어안고 죽음으로 나라의 한을 달래니

후세들이 의인이라 추모하며 받드니
외로운 넋 위안 받고 의열의 반열에서 달빛 보고
충절의 이름으로 별을 헤네

나의 고향은
전라도 장수면 임내면 대곡리 주촌 마을로
선비인 반가의 딸로 태어났네

아버지 별세 후 숙부 집에 의탁되었으나
숙부가 벼 50석에
다른 집 민며느리로 혼인시키려고 하여
이를 피해 모녀가 경상도 함양군 친가로 피신했다
기소되어 모녀가 구금되었네

장수현 충의공 최경회의 명판결로
모녀를 석방시키고

현감의 관저에 의탁하게 하고
후일에 성년이 된 논개를 후처로 맞았네

임진왜란이 발발하고
최경회가 의병장으로 의병을 모집하고
병사를 훈련시킬 때 일을 도우며 보필하였네

진주성이 함락되고 남편이 순국하자
일본군이 촉석루에서 연회를 벌이고 있을 때

왜장을 유인하여 끌어안고
남강에 투신하여 순국했네

세인들은 나를 관기라고 여기지만
부군 최경회 관련 글에

공의 부실이 공이 죽던 날
좋은 옷을 입고 강가 바위를 거닐다가
적장을 유인해 끌어안고 죽어
지금까지 사람들은 의암이라고 부른다

정약용 촉석루에서 회고

오랑캐의 바다를 동으로 바라보며
숱한 세월 흘러
붉은 누각이 산과 언덕을 베고 있네

그 옛날 꽃다운 물 위론
가인의 춤추는 모습 비추었고
단청 매긴 기둥엔 길이 장사가 남아 있네

전장터에 봄바람 불어 초목을 휘어 감고
황성에 밤비 내려 안개 낀 물살에 부딪히네

지금도 영롱한 영혼이 남아 있는 듯
삼경에 촛불 밝히고 강신재를 올리네

주 논개

촉석루에 오르네
진주성 함락에 멸망의 한이 깊은데

낭군마저 순국하니

천하에 의지할 곳 없는 이슬 같은 몸
왜군은 승리의 연회를 벌이며 떠들썩하고
백성은 전멸하여 통곡조차 들리지 않네

이 한 몸 나라의 은혜에 보답하고
백성의 원한을 풀고 낭군의 한을 갚을 길은

오직 하나 왜장을 죽이는 일
그 방법을 생각하며 의암에 올랐네

촉석루에서 바라보니
아리따운 여인이 고운 자태에
의암에 홀로 서 있는데
그 모습이 너무 아름다워 선계의 사람이요
지상의 사람 같지 않았네

왜군 모두 망설이며
다가가기를 두려워하는데

적장 하나가 성큼성큼 의암으로 다가와
허리를 감싸안네

나는 희심의 미소 띠고 왜장을 안고
허리띠를 풀어 몸을 꽁꽁 묶고
남강 깊은 물에 떨어지니

왜장은 벗어나려고 발버둥 치나
옥 반지 낀 열 손가락으로 왜장을 꼭 껴안고

두 몸은 하나인 양
허리띠로 꽁꽁 동여맨 터라
둘은 그렇게 깊은 물에 빠져 죽었네

백성들은
여인의 몸으로 목숨을 바쳐
왜장을 죽인 복수심에 통쾌함을 느끼고
승리의 희망에 다시 일어설 용기를 얻었네

조선의 가장 약하고 미천한 여인의 결연한 행동은
임진왜란 시기 백성들은 위안을 받고

끝까지 포기하지 않고
끝내 전쟁을 승리로 이끌었다네

백성의 함성소리 하늘에 닿고
나라의 통한 낭군의 원한 한꺼번에 갚고 나니
원 없이 천상에 오르네

나라가 못 한 일
장군과 병사가 못 한 일
백성들이 못 한 일

조선에서 비천하고 홀대받던 여인이
모두를 대리해 실행했느니

왜장을 죽이고
통한의 복수로 조선에 희망의 빛을 주었네

백성의 만세 소리
그 통쾌한 절규
그 희열의 슬픔
그 비장한 위엄에 통곡하노니

나라 잃은 울분을 토하고
장군 잃은 분노를 토하고

백성의 죽음에 격분하고
낭군 잃은 비통에 잠기노니
그 모든 이의 원수를 갚고 나는 꽃처럼 떨어지네

떨어지는 꽃은 추한 법이나
어찌하여 빛이 나고
백성의 가슴에 희망이 솟아나는가

나라가 있으되 보호를 못 받고
장군이 있으되 막아내지 못하고
병사가 있으되 지켜내지 못하니

백성의 피눈물 남강을 채우고
주 논개의 눈물 남강에 빛나네
조선에서는 비록 비천한 위치에서
첩으로 살며 생을 마감했지만
천상에서는 선녀가 되어 자유를 얻었네

사당에 향 피는 나그네여
그대 방문하는 날

슬픔의 비 내리고
그날의 원한이 아직도 가시지 않은 듯
그날의 영혼이 슬피 우는 듯
비 내리고 바람 부네

나의 영정 앞에 향 피우고
의암에 내려가 남강을 바라보네

장군과 병사들의 피
백성의 원한
낭군의 울분
내 설음
그 모듬을 안고 비가 되어 흐르니

그 천추의 한이 배인 남강은 흐르고 푸르네

그날의 아픔인 듯
두 눈에 눈물이 내리는 비를 맞으며

그 눈물을 빗속에 감추네

빗줄기 남강에 흐르고
그대 눈물 남강에 흐르고
나의 영혼 남강에 흐르네

살아생전 비천했으나
죽음으로 의로운 사람 되니
나그네의 위안을 받고 천상에서 미소 짓네

촉석루 의암에 의화 한 송이 피었나니
그 맑은 향기는 천추에 빛나네

나는 관비도 기생도 아닌
최경회의 아내 주 논개라네

세간에 오해받고 역사에 오기되어
원한 사무쳤는데
나그네가 내 사당을 방문하여 바로잡고 고치니
신원에 편히 눈을 감네

주 논개를 추모하노니
천상에서 부디 선녀로 영생하소서
만일 인간으로 환생하신다면
지상의 부귀영화와 천수를 누리소서

청산도

산
바다
하늘
사람들의 웃음마저 푸르니 청산이다

푸른 바다
검은 산
구들장논
돌담길
느림의 풍경이 청산의 으뜸이다

흰 구름은 파도를 타고
바람은 흰 구름에 안겨 세월을 잊었다

봄여름 가을 겨울
사시사철 푸르니 청산도요
신선이 사는 섬이니 신선도라

범바위에 올라 망망대해 바라보니
쪽빛 바다에 고깃배 미끄러져 가고

해녀는 망태기 가득 해산물을 지고 오느니
급한 것 없는 청산도가 안개에 잠긴다

그 섬에

동백꽃
백설에 눈부심
해풍에 떨어져 그 붉음 더 낭자하다

갈 햇살에
갈대꽃 눈부심
갈바람에 태양보다 더 반짝인다

꽃바람에
선홍빛 해당화는 외딴집 섬마을에 피어
먼 바다를 바라보며 그리움을 태우고
실바람에 피어난 유채꽃은
가슴에 사랑 꽃피우나니

물이 좋아 물에서 사는 새여
사계절 물꽃에 반한 새여

유채꽃 필 때 만난 사람
마파람에 사랑하고

하늬바람에 눈물 흘리더니
뒤바람에 동백꽃으로 피어나네

물이 좋아 물에서 사는 새여
물새를 사랑하며
솔바람같이 그리움을 태운 물꽃이여

물이 좋아 물에서 살고
청산이 좋아 섬에서 사네

산에는 산새
들에는 들새
물에는 물새 날고

산에는 산꽃

들에는 들꽃
물에는 물꽃 피네

그 섬을 사랑하거든
그 섬에 머물고 싶거든

두 눈 맑게 씻고 몸 정갈히 하고
나비같이 날아 사뿐히 오소서

오동도

먼 바다에서 바라보니
물 위에 오동잎이 떠 있어라

가까이 다가가 바라보니
오동나무 천지로 오동도라 부르네

고려 말 신돈이
오동도에 봉황새가 살고 있다는 말을 전해 듣고
오동도가 들입 자와 임금 왕 자로 구성되어 있어
그곳에서 새로운 임금이 나올 길지라

봉황이 살지 못하도록
오동나무를 모조리 베어버렸다네

세월을 거듭하여
오동도는 동백나무 군락지로 동백섬
바다의 꽃섬으로 불렸네

한 부부가 귀양 와서 살았는데
남편이 고기잡이 간 사이
도독이 들어와 재물을 훔치고
아내의 몸을 빼앗으려 하니
도독을 피해 달아나다
절벽 아래로 떨어져 죽었다네

남편은 시신을 수습하여
오동도 정상에 묻어 주었는데
그곳에서 동백이 자랐네

동백은 청량한 바람 안고 싱그런 공기를 품었네

일상에 지친 영혼에게
위안을 주며 다독거리고 있었네

태곳적 오솔길을 홀로 걸으며
햇살보다 더 붉은 동백꽃을 보았네

수줍게 움 틔운 꽃망울이 마음을 홀리고
푸른 잎 사이로 햇살이 보석처럼 반짝이네

적막을 깨는 건 동박새 울음소리뿐
동백나무 그늘 아래를 까치발로 걸어 보네

해 질 무렵 동백꽃은 뚝뚝 떨어져
붉은 융단을 길게 펼치고
은은한 달빛을 도도하게 삼키고 있었네
한 영혼은 천상에서 지상을 내려다보고
또 다른 영혼은 동백 숲에서 천상을 바라보네

이슬은 옷깃에 떨어지고
홀로 걷는 발자국에
동백꽃이 뚝뚝 떨어지고 있었네

등대에 올라 해안을 바라보네

저 멀리서
거북이가 토끼를 등에 업고 헤엄쳐 오네

자산에 살던 토끼가 거북이에게
오동도까지 건네주면 보물을 준다고 하고
거북이 등에 올라타고

오동도에 도착하자마자 약속을 어기고 도망쳤네

거북이는 복수하기 위해 섬으로 올라가
바위 밑에 숨어 있다가
토끼가 지나갈 때 덥석 붙잡아서
이빨로 토끼 가죽의 홀랑 벗겼다네

토끼가 아파서 괴로워하자 산신령이 나타나
섬에 있는 억새밭에 가서 뒹굴면 나을 것이라 했네
토끼가 그대로 하였더니 원래의 모습은 되찾았으나
대신 평생 소리 내지 못하는 동물이 되었다네

남해

바다는 하늘을 품고
섬과 섬들이 이어져 있다

끊길 듯 이어진 섬 사이로
구름은 가끔 비를 뿌렸다

바다는 온통 푸르고
보이는 섬들도 모두 다 푸르다

그날 아침 남해는 푸르다 못해 검붉었다

일전을 결의한 수군은 맹세했다
죽음으로 명예를 지키겠노라고
오직 죽음만이 살길이라고

우리에겐 아직도
판옥선 13척이나 남아 있었다 충분했다

적은 우리의 10배가 넘는 배가 있지만
우리에겐 그들보다
백배가 넘는 승기가 충천했다

대장 홀로 앞장서서 대장선 1척으로
개미 떼처럼 몰려오는 적선을 향하여
대포를 쏘아 깨부수고 불태우며
정면에서 맞붙어 싸워서 박살 냈다

명량
밝을 명은 세상의 빛이건만
명량은 울다 명이다

그날의 울돌목 그 통한의 함성
죽음과 맞바꾸며 목숨을 던져 승리했다

이순신 정유일기
18일 정미
맑다
수군은 대패했고 장수와 병사는 살해당했다
어찌할 수 없는 사태에 방법이 없었다

칠철량에서의 처참한 대패로
조선 수군은 궤멸당했다

조선의 마지막 등불 백의종군 중이던 이순신을
전라좌수사 겸 삼도수군통제사로 복직했다

지금 신에게는 아직도
열두 척의 전선이 있사오니
죽을힘을 내어 싸우면 이길 수 있습니다

비록 전선이 수가 적으나
미천한 신이 아직 죽지 아니하였으니
왜적들이 감히
우리를 업신여기지 못할 것입니다

병법에 이르기를
죽고자 하면 살고
살고자 하면 죽는다고 했으며

또한 한 사람이 길목을 지키면
천 명도 두렵게 할 수 있다 했나니

수없이 많은 적선들이
곧장 우리 배를 향해 오더니
적선 130여 척이 아군의 뭇 전선을 에워쌌다

명량은 육지 사이가 좁은데다가
때마침 밀물이 세차게 몰려와
파도가 매우 급했다

적은 상류로부터
조수를 타고 몰려 내려오는데
그 세력이 마치 산이 내리누르는 듯하였다

전세가 불리하자
우리 배 12척은 멀찍이 바라보고만 있었으며
오전 내내 좌선 1척이 역류를 받아 가며
전투에 임하고 있었다

이순신의 좌선은 홀로
울돌목의 거센 역류를 다 받아내면서
물밀듯이 조류를 타고 밀려들어오는
왜군 선단 수십 척에 맞서 물길을 틀어막고 있었다

명량에서 13척의 전선으로
왜군 정예수군 333척을 대파한 후
서해안의 제해권이
조선 수군에게 있음을 천명하였다

전승 무패
단 한적의 함선 손실도 없는 압도적인 승리

23전 23승
이순신의 빛나는 전승이여
그날
남해의 아침
하늘은 맑았다

보리암

산사는 운무를 뿌리고 있었다
사방은 자욱한 안개에 싸여 잠든 듯하였으나
비구니의 관세음보살 독송이 낭랑하게
법당을 깨우고 있었다

바람이 안개를 밀며 흩어 놓더니
해수 관음상이 빛을 받으며
부처님 세상을 드러냈다

언뜻 기암괴석에 둘러싸인 산사가
산자락에 안긴 듯하였으나
산사가 산을 품고 법보를 펼치고 있었다

세상은 부처님 손바닥 안이고
부처님이 세상의 빛이듯이
대웅전 위엄이 불자를 두 손 모으게 했다

수려한 산세의 황홀경에

해탈을 향한 인간의 구도에
관세음보살 독송이 법당을 가득 메웠다

발아래 수백 낭떠러지기를 굽어보고
눈을 들어 봉우리를 보니
웅장한 바위가 병풍으로 둘러 있으니

소원을 빌며 발원하면
뜻이 이루어지는 기도처다

사악함과 추함을 안개에 묻어 멸하시더니
밝음과 맑음을 태양 아래 드러내시어
불력의 가르침을 하나 주셨나니

관세음보살 관세음보살
비구니의 애절한 기도
이미 성불을 이루었도다

깨달음은 멀리 있는 게 아니라
마음속에 자리 잡고 있나니

깨닫고 지혜를 얻음도

해탈도 열반도 모두 마음속에 있음을

산사는 말하고 있었다

5부

이
어
도

이어도

날아라 물새여
저 하늘 끝까지 날아올라라

난 파도 타고
깊은 바다에 들어가 전복을 따네

새는 지상을 날고
나는 바다를 난다네

부지런히 물질해서
소라 잡고 멍게 잡아
망태에 한가득 담아 집으로 돌아가야 하네

깊고 차가운 물 속
오늘은 몸이 아파 정신이 혼미하니
검은 바다로 떨어지네

깊은 잠에서 깨어나 눈을 떠 보니

주변은 밝고 황홀한 기분으로
몸이 날아갈 듯한데

몸은 비단 깔린 황금 침대에 누워 있고
젊고 아름다운 선녀들이
나를 바라보며 반겨 주네

이곳은 어디요라고 물으니
해녀님 이곳은 이어도입니다
이제부터 이곳에서 영원히 살 것이요

몸을 일으켜 주변을 둘러보니
바다 한가운데 황금성이 눈부시게 빛나고

파도가 황금성을 감싸 보호하며
바람이 일지 않고 평화로웠다

성은
푸른 나무 정원 1008개로 이루어진 동산이
1008개나 더 이어져 있어
끝이 보이지 않고

온갖 식물이 춤추며
물고기들이 뛰노는 낙원이었다

성에는 선녀들만 살고 있었는데
한결같이 젊고 예뻤다

황금성은
하루와 일 년 같은 시간 구분이 없고

바다로 나가 일하거나
정원을 가꾸는 사람이 없어도
모든 것이 스스로 자라나 풍족했고 자유로웠다

성 한가운데 솟아 있는 열매는
1008개로 항상 숫자가 똑같았는데
날마다 따 먹어도
그 숫자는 일정하게 1008개로 유지됐다

그 열매를 먹으면
늙지 않고 죽지도 않으니
그 열매를 불로불사의 생명수 열매라 했다

생명수 열매를 먹으면 신같이 살 수 있고
열매를 먹으면 먹을수록
눈이 밝아져 지상의 모든 것이 보이고

몸은 건강해져
마음대로 날아다닐 수 있고
마음에 평화와 선함만이 가득했다

지고지순한 상태로 신같이 살아가며
서로 아끼고 위해 주며 친절과 베풂이 넘쳤다

어느 날 문득 고향이 그리워
집으로 돌아갈 길을 묻자

선녀가 말하기를

이곳은 지상의 시간 개념은 없지만
이곳 하루는
지상의 1008배인 1008년이라 했다

열흘을 보낸 후 고향 집에 내려오니

옛집은 간데없고 그 자리에 돌집이 아닌
달같이 생긴 건물이 있어
젊은 사람에게 물으니

예전 우리 조상님들께서 사셨는데
해녀 한 분이 폭풍에 돌아가셔서
선녀가 되셨다는 전설이 있다고 했다

나는 주저앉아 망연자실해 있는데
하늘 높이 날던 파랑새 한 마리가 날아와
나는 안고 황금성으로 돌아가고 있었다
이어도 산하
죽어도 산하

내가 죽고 네가 살고
내가 살고 네가 죽은

이어도 산하
죽어도 산하

황금성 이어도

그 이상향은 전설이 되었네

백록담

예부터 사람들은
백록담에 신선이 타는 백록이 산다고 믿었네

한라산은 신선이 놀던 산이고
신선들은 백록을 타고 다니며 노닐다가
한라산 백록담 맑은 물을 백록에게 먹었다네

백록담의 이름은 이 백록에서 유래되었네

옛날 백록담 아래 사냥꾼이 살았네
이 사냥꾼은 백발백중의 활쏘기 명수로
나무 열 그루를 한칼에 자르는
도인에 가까운 사냥꾼이었네

어느 화창한 봄날 백록 숲에서 사냥하는데
숲에서 사슴 한 마리가 내달리자
무의식으로 활을 쏘고 달려가서
단칼에 사슴의 목을 베었네

정신을 차리고 사슴을 보니
백록이 죽어 있었네

사냥꾼은 당황해서 안절부절못하다가
이내 엎드려서 땅에 머리를 내고
몰라보고 대죄를 범했다고 진심으로 빌었네

그 정성에 감동해
신선이 사냥꾼을 죽이지 않고
천수를 다 누리게 했다네

사냥꾼은 죽는 날까지
백록에게 제사 지내며 극진히 용서를 구했네

나는 백록
한라산에서 신선을 모시며 산다네

봄이면 꽃구경 가고
여름비 내리면 폭포에서 놀고
가을 단풍에 한라산 정상을 오르내리며
천하를 구경한다네

흰 눈이 쌓인 한라산을 구경하며
백록담에서 맑은 물을 마시며
신선을 보좌한다네

어느 봄날
신선들끼리 봄나들이 나갔네

나는 오랜만에 휴가를 얻어
혼자 백록 숲을 구경하며 놀았네

그때 사냥꾼이 쏜 화살 하나가
나의 심장을 꿰뚫더니
날카로운 칼날에 목이 베였다네

나의 영혼이 울부짖으며 통곡하자
신선들이 울음을 듣고
나에게로 와서 상황을 파악했네

그때 사냥꾼이 진심 어린 사과와 용서를 빌며
애절하게 울고 있었네

그 모습을 지켜본 신선들이 나에게 물었네
백록아 너에게 판단을 맡기겠노라

나는 사냥꾼을 용서하고 죽음을 받아들였네
신선들도 허허 웃으며
나를 신선으로 만들었다네

성산

먼 옛날
차가운 바다에 격렬한 폭발이 있었네

불과 화산재가 높이 솟구치며 분출했고
바다에 우뚝 선 일출봉에
화산재는 빗물에 씻기고 바람에 깎이며
가라앉음과 뜸을 반복하며 자리 잡았네

성산은
깎아지른 듯한 절벽이 병풍처럼 둘렸고
꼭대기는 평평하고 넓어서
마치 성과 같다 하여 성산이라 한다네

해돋이가 유명하여 일출봉이라는 명칭이 생겼고
삼대가 덕을 쌓아야 일출을 볼 수 있다 하니
보살이여 해돋이를 보시고 복록을 받으소서

우린 성상 바다를 걷는 연인이 될래요

남풍은 살랑살랑
가슴은 설렘설렘
새싹 파르라니 봄이 참 예쁘다
그대 손잡고 바람같이 걸으니
마음은 이미 사랑의 포로

바라만 보아도 가슴은 콩닥콩닥
그대 품에 안기면 난 몰라

다정한 눈빛 마음은 봄빛
아지랑이 아롱아롱

언덕 넘어 작은 새의 날갯짓
새순 돋는 대지에 밝음이 가득하다

반가운 인사로 새봄을 맞고
다정한 웃음이 봄꽃이어라

어여뻐라 꽃이여
꽃봉오리 피어라

꽃처럼 그대가 웃고
내 사랑도 피어나니

손은 부드럽고
웃음은 봄꽃 닮고
우리의 사랑은 따뜻하니
성산의 일출이여

빛남을 더욱 빛나게 하고
밝음을 더욱 밝게 하여

우리 사랑 영원히 빛나게 하소서

설문대할망

오름의 섬 한라산

이곳에도 오름 저곳에도 오름
오름의 섬 제주라네

그 오름을 만든
창조신 설문대할망이 있나니

하늘나라 옥황상제의 셋째 딸은
어여쁘고 아름다웠네

그 미모는
하늘나라에 있을 때 빛나고 유지된다네

옥황상제는 딸에게
땅이 보이는 창문을 바라보지 못하게 했는데
어느 날 호기심 많은 셋째 딸이
그 창문으로 세상을 보았네

그로 인해 설문대할망은
아래 세상으로 내려왔다네

할망은 금강산에서 흙을 퍼 날라
한나절 만에 제주도를 만들었는데

가장 높은 봉우리가 한라산이 되고
흘린 흙들은 오름이 되었네

한라산이 너무 높아 한 줌을 떠냈는데
그 흙은 산방산이 되었고
흙을 떠낸 자리는 백록담이 되었네

할망은 사람들이 상상하는 것보다 키가 컸다네

사람들이 깊다고 하는 물에 들어가 보면
그 깊이는 무릎까지 밖에 물이 차지 않았고
땅 위에 바다는 할망의 무릎 아래 깊이였네

할망은 키가 엄청나게 커서
한라산을 베개 삼고 누우면

한발은 성산일출봉에
또 한발은 제주 앞바다 산방산에 놓였다네

제주의 오름은
할망이 치마폭에 흙을 담아 나를 때에
치마에서 떨어진 흙들이 오름이 되었네
한라산에 물장오리가 있는데
그 물장오리는 밑이 빠진 깊은 물이기에
그곳에 들어갔다 빠져 죽었다네

또 다른 설에는
할망은 살아생전
오백 명의 아들을 데리고 살았네

그곳을 장삼을 입은 불상들이
마주 보고 서 있는 것 같다고 하여
병풍바위라 했네

골짜기 웅장한 모습이 석가여래가 제자에게
법화경을 설법하던 영산과 닮았다 하여
영실동이라 불리네

오백 장군은 죽어서도 영실을 떠나지 못하네
할망의 오백 아들들은
어미 할망 죽은 이유도 모르고
허겁지겁 죽을 먹었다네

죽을 다 먹고 나서야
어미가 끓인 죽 가마솥에 빠져 죽은 걸 알았다네

막내아들은 어미를 그리워하다
차기 섬 앞바다에 바위가 되고

499형제는 그 자리에서
그대로 굳어져 바위가 되었다네

새별오름

새벽하늘에
샛별은 빛났고

달빛의 윤슬은
작은 벌레들의 합창과
억새의 하늘거림에 온통 별 밭이다

새벽이 올 때까지 초승달은 쉬어 가고
별 하나둘 사라지면
억새의 흔들림이 제일 먼저 아침을 맞았다

그 흔들림은
밤새 별들과 노닐다 태양을 맞고
스스로 일어나 슬픔을 삭이며 재생을 꿈꾼다

바람에 흔들리고
바람에 눕고 바람에 운다

억새의 조용한 흐느낌을 별이 듣고
작은 벌레가 지켜보고 있었다

생존을 위한 몸부림
바람 부는 대로 흔들리며

이슬을 맞고 비에 젖어도
끝내는 눈부신 억새꽃을 피워냈다

갈바람에
참억새 같은 만남이 있었다

그날 햇살은 맑았고
웃음은 참억새를 닮았다

초승달에 후광이 반짝였고
참억새의 선한 웃음에
눈이 멀고 사랑이 시작되었다

억새꽃 눈부심 사이로 초승달 눈빛이
심장을 억새같이 흔들어 놓았다

달빛 오름에
안식하는 영혼이 서로에게 빠져들고

심장은 파도처럼 휘몰아쳤으나
안식은 고요했다

별빛에 영롱한 억새 흔들림은
그대 두 눈에서
윤슬 같은 영혼이 잠드는 듯했다

새벽이 올 때까지
그 긴 밤을 그대 심장에 묻었다

천상 같던 시간이 지나고
새벽이 밝아오자

상심한 영혼은 이슬에 묻혔다

월정리 해변

맑은 물빛을 보려거든
비가 온 다음날 월정리 해변으로 오세요

월정리 해변 반대편에 있는
서귀포 비바람이 거칠수록
월정리 해변의 물은 고요하고 청정해요

바람에 흔들리는 쪽빛 물결

메아리처럼 흐르는 파도와
귀고리처럼 반짝이는
수정 같은 파도에 반할 거예요

비가 온 다음 날 월정리 해변으로 오세요

쪽빛 그리움을 담은
파도의 향연과 연인의 향기가
에메랄드빛 해변으로 반겨요

맑은 바람에 오가는 푸른 파도에
그리움을 묻고 보고픔도 지워 보세요

비가 갠 다음날
월정리 해변의 파도는 새로움을 안겨 줘요

신선한 기분으로
새롭게 시작하는 발걸음 소리를 들어 봐요

아직도 세상은 할 일이 많고
꿈꾸는 대로 이루어지는

무수한 사연마다
월정리 해변은 새로운 연분을 맺어 주어요

나 홀로 나무

당신은
외 사랑마저 포용한 나 홀로 나무

난 바람이 되어 당신을 바라보며
사랑의 온기를 그리워하죠

당신이 연둣빛으로 물들 때
두 팔을 벌려 당신을 감싸 안고
사랑을 느끼죠

당신은 나 홀로 나무

난 당신의 향기에 취해
얼굴을 어루만지며 사랑에 깊이 빠져들죠

당신이 날 바라만 보아도
두근거리는 가슴을 진정시킬 수 없어
고개 숙이고

당신이 흔드는 대로 나부끼며
당신의 품에 안겨 달콤한 사랑을 꿈꾸죠

당신은 나를 감미롭게 감싸 주고
감성을 자극하며

당신을 사모하게 만들고
사랑의 포로로 흠뻑 빠져들게 하지요

당신은 나 홀로 나무

꽃에 벌 나비 날고 바람에 향기 날리듯
당신과 사랑을 속삭일 때

당신은 나의 꽃

나는 당신의 향기가 되어
꽃보다 예쁘고 사랑스러운
당신은 영원한 나의 연둣빛 사랑입니다

푸르른 날을 함께 했던 그 시간

함께 나눴던 순간의 행복들

이제 당신의 숨결은 사라지고
고목이 되어 홀로 서 있어도

당신은
우리의 가슴에서 거룩한 추억입니다

녹산로

유채꽃 피고 벚꽃 붉으니
사랑의 바람개비가 돌아가요

봄꽃이 손짓해요
얼른 오세요

작은 가슴은 기다림에 떨리고
당신이 오신다는 소식에 흥분되어
숨 쉴 수가 없어요

작은 새가 노래해요
어서 오세요

해마다 오시는 당신이지만
무슨 말부터 해야 할지 모르겠어요

밤잠을 설치며 인사말을 준비했는데
당신을 보는 순간 말문이 막혀버렸어요

당신의 눈을 바라보며
이 말만은 꼭 하고 싶어요

당신이 너무 그리웠어요
당신이 너무 보고 싶었어요
당신을 너무 사랑합니다

당신은 나를 포근히 안아 주네요
당신의 체온을 느끼는 순간

슬픔은 사라지고
눈부신 사랑이 피어나네요

녹산로 벚꽃길에서
우린 포옹하고 입맞춤을 나누었지요
달콤한 사랑의 입맞춤

당신은 올해도 오셨듯이
내년에도 다시 오시겠지요

그 찬란한 만남과

황홀한 슬픔을 또다시 이어 가겠지요

봄 햇살같이
우린 사랑의 입맞춤을 나눠요

이 봄이 가면 내년에 나 만날 당신이기에
이 순간을 즐기며 사랑에 빠져요

유채꽃 지니 벚꽃도 지네요
억새밭 녹산로 풍차도 멈추었어요

올해의 봄꽃은 지고
내년에 오실 당신을 또 기다릴래요

그 찬란한 이별과
숭고한 기다림을 배울래요

녹산로 봄꽃은 사랑의 풍차
녹산로 풍차는 사랑의 추억

녹산로에

유채꽃 피고 벚꽃 피면

만남의 풍차는 다시 돌아가고

사랑도 다시 시작될 거예요

사려니숲

물찻오름과 사려니오름 숲길에
삼나무숲이 우거졌느니

사려니는
살안이
솔안이라고 불려

살 혹은 솔은
신성한 곳이라는 신역의 산명에 쓰이는 말이라네

저 신성한 곳
저 길은 초록이 짙기까지 먼 길을 돌아왔으리

지난날의 외로움과 허무를
희망 하나로 견디어 왔으리

저 길은 하늘로 치솟을 때까지
많은 인내가 필요했으리

각고의 노력 끝에
활짝 웃는 순간을 맞이하였듯

지난날을 돌이켜보면
내 영혼은 오랫동안 방랑했었네

저 길은 오늘이 있기까지
부단한 투쟁의 몸부림이었으리

험난했던 인생길은
시행착오와 경험 축적으로 성장해왔네

어제의 인고와 오늘의 반김이
내일로 이어지는 길이기에

인생은 끝내
노력하는 자에게 성공을 주고
포기하지 않는 자에게 희망을 안기듯
사려니숲을 걸으며
인고의 세월을 견뎌온 숲에서 배우네

사려니는

살안이

솔안이라고 불려 신성을 의미하니

지난날을 구름같이 흘려보내고

참된 삶을 다시 시작하려네

한강

대한의 심장을 뚫고 흐르나니
한강이여

한은 큰
가람은 강을 가리키니
큰 강이며 한강은 한가람에서 나왔네

삼국시대에는
대수
아리수
욱리하라 불렀네

한수
한강이라 불린 것은
백제가 중국 동진과 교류하면서부터네

한강은

북한강

남한강

임진강과 어우러져 흐르네

옛말에

용은 인간의 재물을 좋아한다 했네

한강의 용은 뱃사람들에게 신으로 숭앙받았네

어느 날 부자 상인이 비용을 아끼려고

해신에게 제를 올리지 않고

섬과 성황을 지나려 했네

열 길 정도 되는 큰 배가

소금을 가득 싣고

용산 근처에 정박하고 있었네

갑자기

맑은 하늘에서 천둥 번개가 치더니

폭우와 강풍이 몰아치고

강 속에서 적룡이 나타났네

몸통은 배만 했고 길이는 수십 척이었네

며칠간 강물을 격하게 움직이며
설산처럼 솟아올라 배를 덮치니
배에 실려 있던 소금을 다 잃게 되었네

적룡은 제를 올리지 않는 배를 뒤집고
수많은 선원들을 물에 빠져 죽게 했다네

흘러라 한강수야
동해로 남해로
독도에서 마라도까지 힘차게 흘러라

우수에 깨어나는 생명이여
두만강 푸른 물 흐르나니

희망찬 동해를 지나
마라도까지 힘차게 흘러라

압록강 물결이여
위화도에서 서해로 흐르나니

청산도에서 한 점 바람을 쏘이거라

백령도 갈매기 떼 날고
백양사 고불매 피어나고

청산도 파도 소리에 쉬어 가나니

봄꽃에 흥겨운 상춘객이여
덩실덩실 춤을 추어라
대한이라 금수강산

하나 되는 통일
그 위대한 염원이여

훨훨 나는 기러기같이
자유롭게 흐르고 흘러라

우리가 하나 되는 통일

그 역사의 물줄기여
도도히 흐르고 흘러 새 역사를 창조하라

두만강 푸른 물 동해로 흐르나니
압록강 뱃사공이여 힘차게 노를 저어라

우리가 하나 되는 통일

그 웅비의 발걸음 비상의 날개여

다 같이 손잡고 독도에서 아침을 먹고
마라도에서 점심상 차리고 얼싸안고 춤추며
백령도에서 만나 저녁을 먹으리라

우리가 하나 되는 통일

두만강 푸른 물결이여
압록강 뱃사공이여
힘차게 노를 저어라

백두에서 한라까지
압록에서 마라도까지
두만강에서 독도까지

대동강 물 내리고
낙동강 물 오르고

예성강 임진강
북한강 소양강
남한강 금강
만경강 동진강
영산강 섬진강
남강 모두 오서서
한강에서 다시 만나 노래하며 춤추자

산유화

ⓒ 박월복, 2024

초판 1쇄 발행 2024년 7월 5일

지은이	박월복
펴낸이	이기봉
편집	좋은땅 편집팀
펴낸곳	도서출판 좋은땅
주소	서울특별시 마포구 양화로12길 26 지월드빌딩 (서교동 395-7)
전화	02)374-8616~7
팩스	02)374-8614
이메일	gworldbook@naver.com
홈페이지	www.g-world.co.kr

ISBN   979-11-388-3314-1 (03810)